藤《ふじ》村《むら》多《た》希《け》

―明治を生きた産婆―

渡辺せつ子　著

郁朋社

藤村多希――明治を生きた産婆――／目次

埼玉県武蔵国北埼玉郡

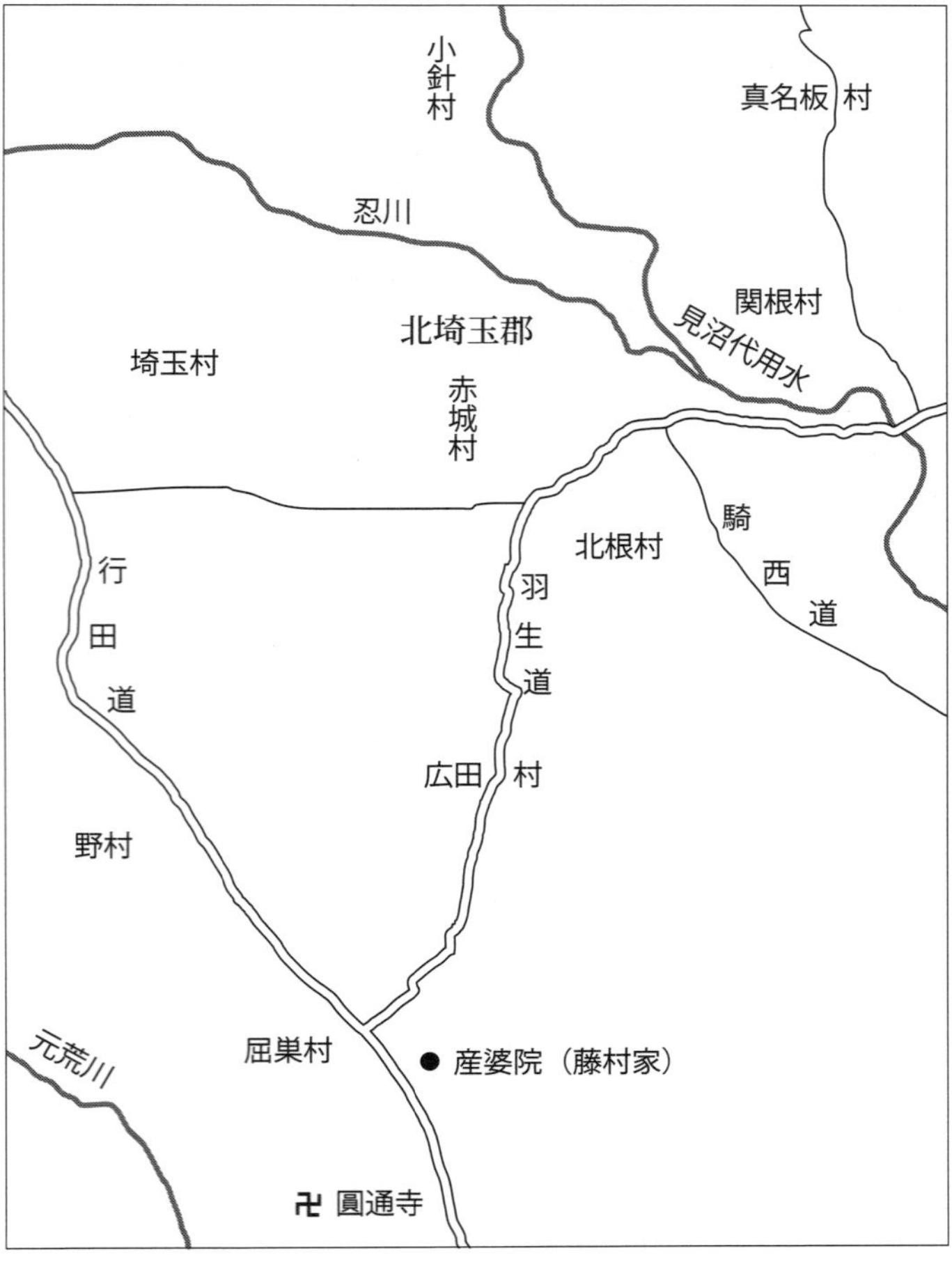

小針村
真名板村
忍川
関根村
北埼玉郡
見沼代用水
埼玉村
赤城村
騎西道
北根村
行田道
羽生道
広田村
野村
屈巣村
● 産婆院（藤村家）
元荒川
卍 圓通寺

鴻巣周辺図

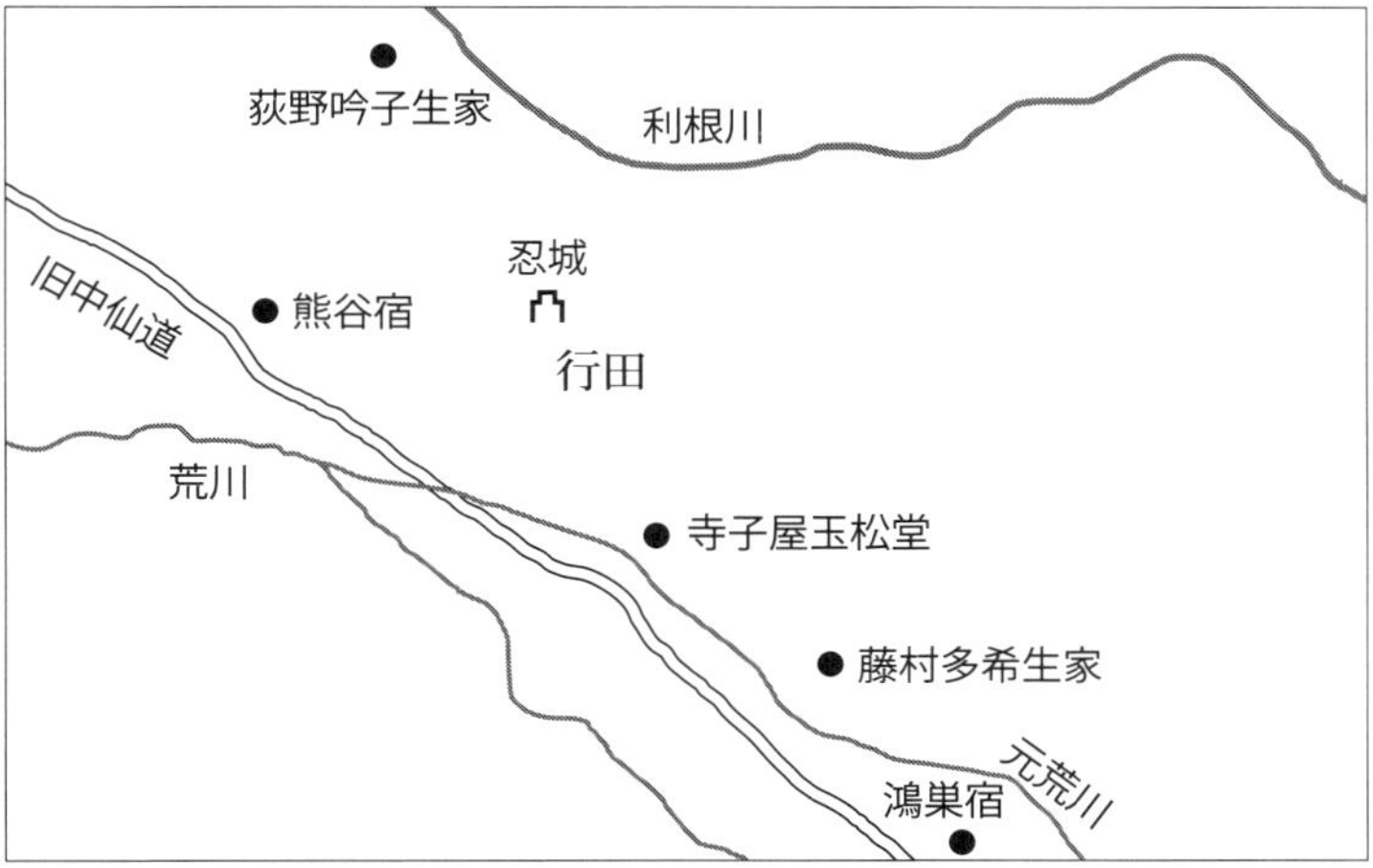

装丁／宮田麻希

藤村多希

――明治を生きた産婆――

第一章　故郷　屈巣村

一

嘉永六（一八五三）年。立冬が過ぎ、いよいよ冬の気配が立ち始めた底冷えのする夜だった。

夕刻から降り出した雨が雪にかわり、音もなく田畑や家々の屋根を白く染めていった。

藤村家の奥座敷からは、ほの暗い行燈《あんどん》の明かりが漏れ、時々妻サクのうめき声と女たちのざわめきが夫表内《ひょうない》の耳にも聞こえてきた。

東の空がようやく開け始める頃になって、赤ん坊の産声《うぶごえ》が曲がり廊下に響き渡り、しばらくして奉公人で取り上げ婆のチヨが顔を見せた。

「旦那さま、生まれました。女の子ですよ」

頭に手拭いを被り、前掛け姿のチヨの頬は紅潮し、深い皺の刻まれた目元に穏やかな笑みを湛えていた。

「そうか。生まれたか」

表内は、チヨの言葉に振り向くと、「サクは大丈夫か？」と、真っ先に尋ねた。

「ええ。奥さまも赤ちゃんも無事ですよ」

サクのお産を心配し、夜明け前から起きていた表内は、ようやく肩の力を抜き囲炉裏の赤い炎に照らされた顔に安堵の表情を浮かべた。

藤村多希《たけ》は、表内にとって五番目の子どもとして誕生した。このとき、表内五十四歳、妻サクは四十八歳だった。夫婦の間には、すでに成人した長男を筆頭に四人の男子に恵まれていた。まもなく五十歳になろうかという妻サクが身籠ったことは、表内夫婦にとって全く予想外のことだった。それでも、夫婦にとって初めての女の子の誕生に、藤村家は大きな喜びに包まれていた。


武蔵国埼玉《さきたま》郡屈巣《くす》村（現埼玉県鴻巣《こうのす》市屈巣）は、江戸から約十五里。中山道鴻巣宿から二十七町余りの位置にあり、すべてが忍《おし》藩の領地であった。鴻巣宿は、江戸・日本橋から七番目の宿場で、江戸の十軒店《じっけんだな》、武州越谷とともに「関東三大雛市」のひとつとして繁栄してきた。鴻巣宿から屈巣村を通り抜ける道は、行田・忍道と呼ばれ、行田を経て日光へ行く道の追分であった。

屈巣村は、忍の街道筋にあたり、忍城（現行田市）の東南にある小村で、周辺の村と同様に米と大麦、小麦の生産が圧倒的に多く、特有農産物としては綿の栽培で知られていた。幕末の頃より地場産業として発達したもののひとつに行田の足袋《たび》があるが、その材料となる木綿布の紡織を副業とする農家も数多く見られた。

物資流通のための交通路が発達し、陸路ばかりではなく利根川、荒川など関東平野を縦横に流れる大小河川を利用した河川交通が整備され、年貢や物資の輸送が盛んだったが、村の南西を流れる元荒川、北を流れる見沼代用水に挟まれた四方平坦な低湿地帯であったため、度重なる水害から逃れることはできなかった。

藤村家は、屈巣村で代々村役人を務める名家だった。広大な屋敷は、長く続く白壁に囲まれ、南向きの二階建ての母屋、屋敷の南側には松や樫の木などの樹木が植えられていて、広い庭の南側には野菜畑があった。北側には防風林のヤマ（屋敷林）があり、ヤマには、欅や樹齢数百年と伝えられているヒノキの大木を背にして家の守り神である杓子《しゃくし》稲荷が祀られ、藤村家のみならず近隣住民の信仰を集めていた。その豪壮な邸は、由緒ある家柄を象徴しているかのような佇まいをみせていた。

広大な敷地内には忍藩の郷蔵《ごうぐら》が数棟並び、藤村家の当主で名主の藤村表内は郷蔵の管理を任され、江戸の米相場の変動に応じて貯蔵していた米を船で江戸まで移送するという、藩の重要な役目を仰せつかっていた。

徳川の時代になってから二百年以上続く地域の名家である藤村家は、江戸中期より土地の集積によって財力の安定化を図り、幕末には塩や米の取引を手掛けて蓄財し、慶応期には四町余りの田畑を所有する豪農となったのである。

こうした財力を背景に表内は、文政十一（一八二八）年には組頭に、天保四（一八三三）年には名主に任じられている。弘化五（一八四八）年に苗字が与えられ、嘉永五（一八五二）年には帯刀が許されるなど村の有力者としての地位を築いていったのだった。

多希が生まれた嘉永六年は、日本にとって大きな転換期を迎えた年でもあった。同年六月三日、暑い夏の昼下がり、黒煙をあげて走る蒸気船二隻と帆船二隻が来航した。ペリー司令官が率いるアメリカ東インド艦隊が、江戸湾浦賀沖に突然現れて江戸市民を驚かせた。巨大な黒船の来航に驚いた江戸の人々は、物見遊山がきわめて盛んだった当時の風潮もあり、怖いもの見たさと新しもの好きが高じて、いっせいに見物人が押し寄せ、幕府は再三、異国船見物禁止令を出したが、これを徹底させることはできなかったという。

これまで見たこともなかった巨大な黒船は、江戸市民に大きな衝撃を与えたことはいうまでもない。その驚きは、瞬く間に国内を駆け巡り、江戸から十五里あまりも離れた忍藩領内の村々にもすぐさま伝わったのだった。

幕府はこの前年に、オランダ商館長が長崎奉行に提出した「別段風説書」から、事前にこの情報を察知し、川越、彦根、忍、会津の徳川譜代大名四藩が動員され、江戸湾の海岸防備を固めていた。武蔵国忍藩の持ち場は、房総半島の先端洲の崎と大房崎《たいぶさ》に限定されていたが、この時すでに房総出陣総人員は六百人に及んでいて、海防の負担が忍藩及び一般領民に与えた深刻な影響は生やさしいものではなかった。

その後、時代の大きなうねりは忍藩領内の小さな村々にとっても無関係ではなく、それぞれが新しい時代に向き合っていくことになったのである。

日本が内憂外患に揺れていた幕末の安政二（一八五五）年、藤村家は二つの大きな試練に遭遇することになった。一つは自然災害によるものだった。

安政二年十月二日、死者四千人余りを出した江戸大地震は、遠く離れた屈巣村にも大きな被害をもたらしていた。江戸忍藩邸では、馬場先門内上屋敷が倒壊し全焼した。武州忍城下では、外れた雨戸が左右に揺れて倒れるなどしたが大きな被害は出なかったという。しかし、屈巣村の一部では大きな損害をこうむり、藤村家もこの地震によって土蔵二棟が大破したうえ、居宅、物置も破損するなど被害は甚大だった。そのうえ、初夏から度々の大雨で稲の実りが悪く、御上米も事欠く状態で、年貢米の減額を代官所に嘆願する事態となっていた。後日、御用上納金の免除願が認められて、藤村家存亡の危機を脱することができたのだった。

もう一つは、家督相続人と決めていた長男喜内《きない》の問題だった。喜内が、当時禁制とされていた博奕《ばくえき》に手を出していたことが発覚したのだった。若さゆえの過ちだったとはいえ、博奕が見つかれば本人だけでなく五人組の者たちも連帯責任として重い罰が課せられることになっていた。しかし、犯人とされる者たちが年若いことなどから罪が免除されたのは、名主である表内に対する高い評価が、代官所の恩情を引き出した結果であることは誰もが認めるところであった。

不祥事を招いた喜内は、幼少から体が弱く農業には不向きで家督相続にも関心がなかった。喜内の希望もあり、鴻巣宿の商人与左衛門に婿養子として迎えられることになったが、息子の将来を案じた表内は、養子縁組にあたり持参金二百両を持たせることにしたのだった。これによって藤村家の跡相続人は次男鶴次郎とし、この年鶴次郎は祖父喜右衛門の名前を一字継いで喜八と改名した。喜八は忍藩からも名主見習いとして認められ、家督相続問題は無事決着をつけることができたのである。

「あの年は大変だった。大地震に見舞われたうえ、あの大雨じゃ川が氾濫するんじゃないかって、心配で一晩中寝られなかった」

表内たちは、大風の吹く夜になるといつもそんな話をしていた。

しかし、多希が六歳の時に、埼玉郡一帯に起こった安政六（一八五九）年の大洪水のことは微かに覚えていた。

この年は例年になく、四月頃から冷気で天候不順だったという。夏の盛りの七月下旬、前日からの暴風雨は正午頃が最も烈しく、徐々に勢いが弱まると夕刻になってようやく止んだ。しかし、連日の雨で河川の水が溢れ、夕方になって荒川の堤防が熊谷と久下《くげ》の間で決壊し、夜になると利根川の堤防が切れ、両大河の濁水が一挙に押し寄せてきた。

「子どもたちは二階に上がってなさい」という母の怒声に促されるように、多希と兄喜十郎は台所から梯子をかけて母屋の二階に避難した。普段は物置として使っていた二階は、厚い雨戸が閉じられていて薄暗く熱気がこもりカビ臭い匂いがした。二人は、階下で繰り広げられている喧噪にじっと耳をすませていたが、父が奉公人たちに指示する声は、激しい雨音にかき消された。雨戸の隙間から外をのぞくと、田畑は白くかすみ雨が庭土を激しく叩き、押し寄せた水が川のように流れているのが見えた。翌日になると水が引き始め、トブグチ（玄関口）まで迫っていた濁水が土間まで入り込むことはなかったが、屋敷の周りの畑は一面が海のような景色に変わり、あぜ道も水面下に沈んで見えなくなっていた。河川に近い村では多くの家屋が流失し、田畑の損害も甚大だった。

忍藩はこの災害に対して、藩中では六日間の炊き出しをして急場の困難を救い、農村には窮民夫食《きゅうみんふじき》御手当米を支給し上納米は免除とした。さらに幕府から五千両の借財をして急場をしのぐとともに、藩中俸禄を六分減とする決定をし、以後明治維新までこれを継続したのだった。


兄喜八は、武州横見郡谷口村の名主木村清助の娘こふと祝言を上げると、まもなく三人の子宝にも恵まれ、幕末期には藤村家にとって最大ともいえる繁栄期を迎えたのだった。

文久二（一八六二）年三月、九歳になったばかりの多希は、感染性が強く死亡率が高いことで恐れられていた疱瘡《ほうそう》に罹患《りかん》した。隣村に流行し始めていた疱瘡は、瞬く間に屈巣村一帯にも拡大し幼い子どもたちに伝染した。

表内は、隣村の名主の息子が行田で種痘を受けたという話を聞いていたが、最新医学の恩恵を受けられたのは、まだごく一部の階層の人だけだった。表内は、高熱にうなされる幼い娘の寝顔を見つめながら種痘を受けさせなかったことを悔いていた。

多希は、発病後の十日間は高熱に侵され顔に赤い痘が出現し、次に手足に発疹が出た。

顔の発疹が治っても、そこが痘痕になるために「器量定め」と言われ恐れられていて、女の子であれば尚のこと怖い病気だった。表内は、北根村の田島祐硯《ゆうげん》医師に往診を頼む一方で、氏神様に祈り仏の加護を祈って圓通寺に参拝した。

発疹は黒いかさぶたになり、正常に戻るまでに二、三週間を要したが、家族の昼夜に渡る介抱によって無事この危機を乗り越えることができたのである。幸いなことに痘痕も軽く、愛らしい顔立ちは失われることなく両親を安堵させた。

四番目の兄喜十郎は五歳年長だが、他の三人の兄たちに比べれば多希にとっては一番身近な存在だった。喜十郎は、十三歳になると隣の野村（現行田市野）にある寺子屋玉松堂《ぎょくしょうどう》に通い始め、読み書きを主として算術も習っていた。多希は早朝に出かけていく兄を追って長いケイドウ（私道）を歩いて門まで行き、手を振って見送るのが日課となっていた。

喜十郎が玉松堂から持ち帰る手習い本は、多希の好奇心を掻き立て、知らぬ間に本を通読してみせ喜十郎を驚かせていた。

「おかあちゃん、何でだめなん？」

多希は、縫物をしている母の袖を引っ張った。

「また多希の、何で、何で、が始まった」

サクは、あきれ顔で娘を一瞥すると、針仕事の手元に目を落とした。

最近、多希は母に同じ質問を繰り返していたのだった。兄と一緒に玉松堂に通いたいという思いは十分分かっていたが、女の子に学問をさせることには迷いがあった。

「学問より家の中のことがきちんとできないと、いいお嫁さんにはなれないんだよ。女はお針仕事と炊事ができて、やっと一人前って言われるんだから」

そう言いながら、縫いかけの布を広げると、針を持つ手を忙しく動かし続けた。

「だいいち、農家の娘が学問をやってどうするの？」

サクは娘を見つめて語気を強めた。

「でも、養山《ようざん》先生のところには女の子も来ているよ」

傍で聞いていた喜十郎が、母の言葉を遮った。妹に加勢するような喜十郎の言葉に、サクは困り果てた様子で夫表内の顔色を窺った。

サクが困惑するのも無理はなかった。その頃玉松堂には三十人程の子どもが通っていたが、そのうち女の子は間庭まちただ一人だったのだ。間庭まちは、野村の農家の娘だったが、親戚筋にあたる忍城下の商家との縁談が纏まっていると聞いていた。商家にあっては女の役割は大きく、読み書きそろばんは嫁入り道具のひとつとして不可欠なことは事実で

あり、まちには玉松堂に通う理由があったが、農家の娘は農家へ嫁ぐのが普通であり、そうした学問が娘に必要だとは思えなかった。

表内は、サクの考えにも道理があるが、近頃は娘に学問をつけさせることを真剣に考え始めていた。それというのも、米や塩の取引のために江戸に行くたび、知り合いの娘たちが寺子屋の師匠のところに通って、文字や算術を習っているのを見聞きしていたからだった。忍の地域も江戸のように、女が学問を修めることが普通とされるような世の中になるかも知れない、そう考えるようになっていた。

多希は兄たちに比べても決して見劣りせず、むしろ覚えも早く利発な娘で、持ち前の好奇心から何事にも興味を示し、表内を質問攻めにすることもあった。

表内は、宗門人別改帳の書き上げや年貢の上納など、名主としての仕事に追われていたが、多希は父のそばに座ると「これ、なんて読むの？」と繰り返し尋ねては、覚束ない手つきで筆を使い漢字を書いてみせて父を驚かせた。しかし、サクの子どもの頃は手習いに行く女の子は特別な家柄の娘に限られていて、男の子だけが文字を習得し学問の恩恵を受けていた。サクに学問はなかったが、これまで名主の女房として夫を助け藤村家を支えてきたと自負していた。サク自身も、女は内を治めることが肝要であり、男と同じような学問教養は必要ないという教えに疑問を抱くこともなく、男に従属する存在であることを当

然のこととして受け入れていた。それに、世間では学問のある女は、嫁として好まれないということを十分承知していたので、娘には字の読み書きよりも、お花や裁縫を習わせることの方が将来のために役に立つと考えていたのだった。

表内は、この秋で六十六歳になる自分の年齢を考えた時、娘のために残されている時間が多くないことを認識せざるを得なかった。そして表内自身が、世間の情勢の変化を誰よりも敏感に感じていた。それらのことが、利発な娘に学問を修めさせるという決断に、少なからず影響を与えたのは明らかだった。

「江戸じゃあ、商人の子も侍の子どもと同じように手習いに通っているんだ。多希が大人になる頃には、今とは違う世の中になっているかも知れないぞ」

「違う世の中にねえ？」

サクは、思わずため息をついた。サクは、江戸どころか熊谷宿にも行ったことがなかったから、江戸がどう進んでいるのか見当もつかなかったが、女にとって何が必要で何が必要ないのかは、今まで生きてきたなかで分かっているつもりだった。

サクは、いつも夫の考えや指示に従い、家では常に舅に仕え、夫に従っていたが、家事や子育て、奉公人たちの世話は一手に引き受けていた。

朝は、東の空が白みかけるときに起きてかまどに火を入れ、朝食の用意をした。舅や夫

が起きる前にお茶の準備をして朝食の世話をし、自分は最後に食べて残り物を片付けるように済ませていた。夜は、後片付けが終わると家中の戸締りを確認してから、誰よりも遅く床につき、それが嫁として当然の役目だと心得ていた。家族を支え家のために生きるのが、女として生まれてきたことの定めであることを、幼い頃から母親に教えられてきたのだった。いくら世の中が変わろうとも、人の生活がそう簡単に変わるとは思えなかったというのも無理はなかった。サクが生まれ育った頃は、「女に学問があると国が滅びる」と言われ、女を学問の道から排除していた時代だったのである。

二

文久三（一八六三）年、ペリーの黒船来航からすでに十年がたっていた。幕府は急速に開国へと舵を切り、新しい時代の波は、江戸近郊の小さな村にまで押し寄せていた。

幕府は、江戸湾防備のため品川沖に御台場という砲台を五基造り、忍藩はその第三御台場を受け持つことになった。忍藩は、その出陣や御台場での莫大な費用捻出のために、農民には夫役を、藩士には半知（家禄の半分を減俸すること）を余儀なくされた。

各村には御用金の上納が求められたが、これまでも房州警備の御用金の上納や、人足も駆り出されたうえに天候不順による水害も頻発しており、復興への道筋も見えないなか忍周辺の村々は疲弊していた。その一方で、度重なる藩の要求や方針変更は、世の中の確かな変動とともに、不安といら立ちが人々の生活を暗く覆っていたのである。

元治の世はわずか一年で終わり、年号は慶応に変わっていた。翌年徳川家十四代将軍家茂が死去したため、水戸家の七男一橋慶喜が将軍職を継いだが、これが幕府最後の将軍となり、日本は幕末の内憂外患に直面していたのである。

慶応元（一八六五）年正月、多希は十二歳になっていた。ようやく念願がかなって玉松堂に通うことが許され、初めての登校という日の前夜は良く眠れないほど興奮していた。

翌朝早く目覚めると、母は勝手口の裏手にある井戸から水を運び、朝食の準備に忙しく立ち働いていた。母は、娘の気配に気づくと思わず声をあげた。

「あれえ、今朝は早く起きられたんだねえ。いつも起こされるまで寝ているのに」

母は、あきれ顔で娘を見つめた。

「うん。だって今日は特別な日だもの」

多希は、母が用意してくれた新しい着物に袖を通すと、くるりと回って見せた。新しい着物も、初めての寺子屋も、多希の胸を高鳴らせていた。

「行っておいで。兄さんの言うことをよく聞くんだよ」

多希は母の言葉に素直にうなずき、兄と肩を並べて早朝の冷たい風のなか、まだ人通りの少ない忍の脇街道へと歩みだした。玉松堂のある野村までの三十二町の道のりは、長くて遠いように思えたが、心は喜びと期待に満ちていた。

北風が雲を吹き払い、空は青く澄みわたっていた。目の前には赤城山の稜線が鮮やかに見え、左に秩父連山、右に日光那須の山々が青い空を分けるようにそびえていた。小さな背中に結わえた風呂敷包みの中の真新しい文房具がカタコトと音をたて、赤城おろしの空っ風が多希の丸い頬を赤く染めていた。

「困ったことがあったら兄ちゃんに言うんだよ」

喜十郎は、幼い妹のかじかんだ小さな手を握ると、野村にある寺子屋へと急いだ。

この頃玉松堂には、年齢も様々な七十人近くの寺子が学んでいた。多希が入門したことで女子寺子は四人になったが、それでも圧倒的に男子が多かった。みな富裕な商家や豪農の子どもたちで貧しい家の子どもは一人もいなかった。それは、寺子屋の束脩《そくしゅう》や謝儀を納めたうえ、高額な文房具や半紙などの購入代金を払える家は限られていたからに違いなかった。

寺子屋師匠である植田養山先生は二代目で、玉松堂を引き継いだばかりだった。文久二年に初代の植田音次郎師匠が病を患い、急遽、音次郎師匠の書道の師である宮崎實右衛門の門下生だった養山先生を江戸から招請したのだった。養山先生はまだ若く、着こなしも田舎の男たちとは違って、どこかあか抜けた江戸の風情を漂わせていた。音次郎師匠と同じく書道を主とした指導を行っていたが、「徳」「孝」を宗とし特に礼儀作法には厳しかった。

庶民の教育熱の高まりとともに、養山先生の教育方針に共感する親たちはこぞって子弟の入門を希望したため入門者は年を追うごとに増えていき、狭かった寺子屋は机が並べきれないほどの状態になっていった。養山先生は、年に二回「凌《りょう》」と呼ばれる書道の試験を行い、試験ごとに成績優秀者を発表し褒美を与えた。褒美は「凌」の度に与えられ、学用品や往来物が当てられた。寺子たちはこれを励みに切磋琢磨するのだった。多希も、褒美に「いろは短歌」を貰ったことがあった。

奉公人の善助は「いろは短歌」を手に取ると「わしは読めないが、えらいことだねえ」と感心した様子でじっと見つめた。貧しい農家の末っ子として生まれた善助は、口減らしのため小さい頃に奉公に出されたので、算術はもちろん読み書きもできなかったが、真面目な性分で奉公人たちにも信頼されていた。善助は、藤村家に奉公してから二十年になり、四町あまりの田畑の農作業のほかに、藤村家に一疋《いっぴき》しかいない馬の世話も一人で引き受けていた。

喜十郎は十八才になり、今年玉松堂を下山したら、江戸浅草森田町の商家板倉屋文六のところに奉公に上がることになっていた。藤村家にはすでに跡取りの喜八がいて、ほかにもう一人の兄亀次郎は妻を娶って所帯を持ち、藤村家の田畑の一部を相続して敷地内に別棟を建てて独立した生活をしていた。しかし、この周辺の村では跡取り以外の男子は、養子か婿養子に出すのが農家の慣習だった。

表内は、いずれこのような日が来ることを予想して、喜十郎には読み書き算盤の手習いにも通わせ、奉公に出すのに必要な学問は身に付けさせていた。喜十郎は算術が得意だったので、米の取引などで付き合いのあった江戸の商家に奉公先を決めたのだった。両親は、できれば近隣の家に婿養子先を見つけて、自分たちの目の届くところに置きたいと思っていたが、なかなか良い縁に恵まれなかった。しかし、いずれは藤村家の田畑の一部を譲って、江戸から呼び戻したいと考えていた。

藤村家が家族揃って迎える最後の正月となった慶応三（一八六七）年の元日は、風もなく穏やかな一日だった。朝早く起き、たらいで顔と手を洗って身を清めると、雑煮と屠蘇《とそ》で正月を祝い、昼前には家族で圓通寺に詣で墓参りを済ませて家に戻ると、挨拶に来ていた近所の人たちと正月のお祝いをした。

喜十郎の旅立ちは、それから二か月後のことだった。三月の青く凍りついた空には、雪を厚く纏った富士の山がくっきりと浮かび上がり、降りそそぐ陽射しが暖かく感じられたが、一週間前に降った雪がまだ庭の隅に積み上げられたまま薄黒く汚れていた。昨日一家総出で行った雪かきのおかげで、ケイドウには長い一本の道ができていた。喜十郎は、両親の前で両手を揃え別れの挨拶をした。

「道中、気をつけて行きなさい。板倉屋さんによろしく言ってね」

母は、草履を揃えると、心配そうな表情で喜十郎の前に差し出した。

「便りをちょうだいね」

多希の言葉に微笑んで頷くと、見送りの人たちひとりひとりに丁寧に頭を下げた。江戸へは、昨年末に父と二人で奉公先となる浅草の板倉屋を訪ねて以来で、喜十郎にとって初めての一人旅だった。

中山道を鴻巣宿から蕨《わらび》宿、板橋宿を過ぎて上野の森に出れば浅草は目前だったが、十五里の道のりを二日間にわたって歩くのは、若い喜十郎であっても難儀なことだった。そのうえ、無事に奉公が勤まるのか不安と心細さを抱えていたが、早く一人前の商人になって両親を安心させなければと健気に心に誓っていた。

喜十郎は、多希との約束を律儀に守り度々便りをくれた。江戸での暮らしは、慣れない仕事との悪戦苦闘の毎日だったが、手紙には楽しかった浅草寺の三社祭《さんじゃまつり》や縁日の賑やかな様子、江戸の名物などについて書いていた。待ち焦がれていた喜十郎からの手紙は、多希の江戸への好奇心と憧れを膨らませるのに十分だった。

「お母さん、江戸は人が多くてにぎやかだっていうけど、どんなところなんかな？」

「さあねえ。生き馬の目を抜くって言うくらいだから、怖いところじゃないのかねえ」

それでも多希には、江戸は不思議な魅力に満ちているように思えるのだった。

夏が近づいてくると、苗代で育てた稲の苗を水田に移し植える作業がいっせいに始まり、やがて田んぼが一面の緑に覆われて、屈巣村は一番美しい季節を迎えるのだった。しかし、移し植えが終わって花菖蒲が咲く頃になると、藤村家は予想もしていなかった苦難に向き合うことになった。サクが心臓の病に倒れて床につくことが多くなり、それが長い闘病生活の始まりとなったのだった。

喜八の妻こふは気立てもよく働き者で、姑に代わって家事をこなし、姑の面倒もよく見てくれていた。しかし、さすがに呑気な多希も、自分だけ毎日手習いに通うなど悠長に振舞うことは許されないと思い、七月には玉松堂を下山して母の世話をすることを決めた。

「サクには、いろいろと苦労させたからなあ」

表内は、床に臥すサクの痩せた横顔に目をやった。名主という役目柄家を留守にすることも多く交際範囲も広かった。あらゆる付き合いはもちろん、代官所の役人がやって来たときには、その接待役を一手に引き受け、名主の女房としての役割をりっぱに務めてくれた。

サクの病気は一進一退の状態で、体調の良いときは台所にも立てるほどに快復し、家族を安心させた。しかし、六十四歳と高齢であるうえ、田島先生の投薬治療は良い結果をもたらすには至っていなかった。多希は、日中は母の休んでいる奥の部屋で、針仕事を教わりながら共に過ごすことが多くなり、他愛のない思い出話をしながら母娘の時間はゆっくりと過ぎていったのだった。多希は、母がどんな幼少時代を送り、どんな人生を歩んできたのか知りたくなった。これまで母からそんな話を一度も聞いたことがなかったからだ。

「一生懸命働いて、人並みに暮らしてきただけだよ」

母は、すっかり白くなってしまった髪を、古ぼけた柘植《つげ》の櫛で掻き上げながら弱々しい笑顔を浮かべた。

母サクは、文化二（一八〇五）年に幸手《さって》宿の農家・久右衛門の娘として生まれた。幼い時から母親の仕事を手伝いながら家事を覚え、嫁ぐ前には裁縫やお花を習得し、嫁入りの日のために、綿入り半纏と作業着は自分で縫って用意できるほど針仕事にも熟練した腕前だったという。十六歳の時に、双方の親同士の間で縁談がまとまると、すぐに婚礼の日が決められた。縁組で最も重視されたのは家の釣り合いであり、「釣り合わない縁組は不幸のはじまり」といわれたものだった。両家の親同士で取り決めた結婚に、本人たちの合意は必要ない時代で、サクは夫となる表内がどんな人物なのかも知らないまま藤村家に嫁いできたのだという。

サクの母親は、サクが嫁ぐ前に亡くなっていたが、生前よくサクに言い聞かせていたことがあった。それは、「嫁に行ったら帰る家はないと思え」「姑には口答えするな」など、嫁としての覚悟を諭すものだった。そんな母親に育てられたサクが、旧い慣習に囚われていたのも無理はなかった。嫁は夫個人に嫁したのではなく、その家に嫁したものとみなされ家族の労働力として重視された側面もあったが、家での地位は低く扱いは使用人も同然であった。

サクは藤村家に嫁いで、四人の男子と一人の女子に恵まれたが、産後の世話を頼めるはずだった母親が亡くなっていたこともあり、お産のために里帰りすることはできなかった。そのうえ夫表内の母もサクが嫁いでまもなく他界したため、表内は、取り上げ婆として近隣の女たちに信頼の厚かったチヨを、住み込み奉公人として迎えることにした。五人の子どもたちの出産にはいつもチヨの世話になり、分娩の介助から赤ん坊の養育、そしてサクの産後の身の回りの世話など本当の母親のように尽くしてくれた。

サクは、幸か不幸か世間で言われているような姑苦労を経験していなかった。嫁との良好な関係を築けているのも、このようなことが関わっていたのかも知れない。姑は、自分が昔経験した苦労を嫁に要求し、嫁はそんな苦労を重ねて、今度は自分が姑になっていく。狭い家の中で繰り返される女同士の争いは、時には夫婦仲の良し悪しに関わらず離縁の原因になることさえあったという。

奉公人のチヨは、夫に先立たれたあと近所の取り上げ婆の手伝いをしているうちに、そのやり方を見よう見まねで覚えたのだという。当時、取り上げ婆は分娩の介助などの経験が豊かで、妊産婦から頼りにされる存在だった。取り上げ婆への謝礼は、女が一人で生きてゆくためには十分といえるもので食い扶持を賄える数少ない仕事でもあった。

夫を早くに亡くしたあと、たった一人の子どもまで流行病で失い身寄りのなかったチヨは、サクを支えながら生涯を藤村家で暮らし、家族同然に大切にされていた。

チヨは、近所でお産を頼まれれば、真夜中でも出かけていった。サクは老齢のチヨを心配しながら丸くなった小さな背中を見送るのだった。チヨは、「ありがたい」が口癖で「恩返し」と言っては頼みを断ることは一度もなかった。チヨは七十二歳で亡くなると、藤村家の墓地に手厚く葬られたのだった。

チヨは、末っ子の多希を無事取り上げてから三年後には亡くなってしまったので、多希にチヨの記憶はなかったが、お墓参りの時には、藤村家の墓地の片隅にある小さな石碑に向かって、いつも長い間手を合わせている母の姿を見ていた。

「誰のお墓?」と、いぶかしげに聞く多希に母は、「お母さんの恩人だよ」と微笑んだ。

「ずっと家に奉公してくれて母さんのお産を手伝ってくれたんだよ。お母さん、最初の子は流産してしまってねえ。チヨが来てくれてから無事に四人授かることができた。多希の時は年取ってからのお産だったから難産だった。だから、チヨがいなかったら多希もこうしていられなかったかも知れないよ」

「じゃあ、チヨは私にとっても恩人だね」

「そうだね。チヨは、何人もの赤ん坊を取り上げた経験があってね、なかには難産で亡くなった人もいたんだって。昔からお産は病気じゃないっていうけれど、本当は棺桶に片足かけているって言うほど命がけのことなんだよ」

「ふうん」

「チヨは、お産が終わった後も大事にしないと産後の肥立ちが悪くなるって、ゆっくり休ませてくれた。だから、私にとってチヨは母親みたいなものだった」

母は、家から持ってきた菊の花を墓前の花瓶に活けた。

「ほら、多希もこっちに来て手を合わせなさい」

多希は母の隣に行き、チヨの石碑に向かって小さな手を合わせた。

サクにとってチヨは、遠い記憶の中にしかいない実の母親よりも、身近で頼りになる存在だった。母親の記憶といえば、働き者で朝早くから夜遅くまで働き、病気で寝着いたことなど一度もなかった。だから、突然の病で亡くなり布団の上に寝かせられている母の姿を見るのは、悲しくも不思議な気持ちになったことを覚えていた。


ある日、多希は寝ている母に寄り添いながら、なにげなく聞いてみた。

「お母さんは、お嫁に来てから幸せだった？」

「さあ。そんなこと考えたこともなかったねえ。でも、いっぺんも自分が不幸せだと思ったことはないよ」

「そう。じゃあ、一番辛かったことは何だった？」

「何だろうねえ」

母は、天井を見つめながらしばらく考え込んでいた。

「ただ夢中だったよ。働いて、子どもを産んで、丈夫に育てなければってね」

「でも、家に帰りたくなったことはあったでしょう?」

「嫁に行ったら家には帰ってくるなって、常々親から言われていたからねえ。それくらいの覚悟をしないと、嫁として務まらないということだよ」

母は、娘を見上げ優しく微笑んだ。

多希にはまだ実感はなかったが、そんな日が訪れることは遠い未来ではないように感じていた。十四歳になったとはいえ、多希はサクから見ればまだまだ無邪気で幼さが残る娘だった。サクは、なかなか良くならない病のことを考え不安が募るなか、母として娘に教えてやれることはすべて教えなければならないと考えていた。自分が嫁いできた十六歳という年齢を考えれば、娘のために生きられる時間はそれほど残されていないことは分かっていた。

サクの病状が安定しないなか、表内は農家の仕事や村役人として多忙な毎日を送っていた。屈巣村と隣村との灌漑治水工事を巡る訴訟が決着せず、度々代官所での話し合いに出かけていたのである。

三

慶応二（一八六六）年になると、世の中はさらに混迷を深めていった。一月には薩長連合密約が合意され、翌年九月には、薩摩藩と長州藩はあらためて出兵条約書を結び、これに芸州藩が加わり討幕の計画を立てていた。しかし、一般庶民は何も知らず、知る手段もなかった。

慶応四年になると、江戸の町は不穏な空気に包まれ始めていた。喜十郎の便りからは、江戸市民たちの困惑ぶりが生々しく感じられるものだった。

江戸の町中を薩長の藩士たちが田舎言葉で闊歩し始め、穏やかだった江戸市民の生活は次第に脅かされつつあった。一般市民たちにとっては、支配者層の権力闘争に何ら関心もなく、人の迷惑も考えないで侍どもが暴れているとしか見ていなかったのだが、人殺しやら盗みやらあらゆる悪行が横行し、市中は上を下への大混乱に陥っているという。

「江戸は大変なことになっているらしいぞ」

表内は、喜十郎の手紙から深刻な江戸の状況に思いを馳せていた。

「喜十郎は大丈夫かねえ」

「薩摩の侍たちが、火付けをしたり略奪したりしているそうだぞ」

「まあ、なんて物騒なこと」

「薩摩や長州の無頼者たちには、みんなあきれているそうだ」

「徳川様は、薩長に負けてしまうんですか？」

「さあ、どうなるのかなあ。どっちが勝ってもいいが、戦のない世の中が一番だ」

表内にも、これから世の中がどう変わっていくのか見当がつかなかった。それでも、市民の間では薩長に対する反感が根強く、徳川家の復興を望む声が多いのだという。

「江戸の薩摩屋敷が全焼して、薩摩の賊徒たちが江戸を追い払われたことをみんな大喜びしたそうだ」

「でも、このままでは終わらないんでしょう？」

サクは、表内のただならぬ表情を見て不安に駆られていた。


二百六十年もの間、支配者として君臨した徳川家は、いよいよ終焉を迎えようとしていた。土佐藩が大政奉還を建白し、慶応三年十月十四日、慶喜公は、京都二条城において大政奉還を宣言したのである。しかし、大政奉還を宣言しても徳川の世が終わったわけではなく、政治の主導権を巡る争いは続いていた。慶応四年二月末に、旗本などの徳川の幕臣が結成した彰義隊《しょうぎたい》は、新政府に反抗的な態度をとり上野寛永寺に立てこもっていた。

寛永寺は、江戸市中を見下ろせる丘の上に位置していたので、官軍の動きを見るには都合が良かった。彰義隊は、五月七日に肥前と薩摩軍に仕返しの攻撃を加え、十五日未明になると官軍と一戦を交えた。壮麗な寛永寺の伽藍はたちまち砲火に焼かれ、彰義隊は壊滅した。

上野の山からは、大砲の打たれる音と赤い炎が見えた。しかし、泰平に慣れた江戸の侍たちが、近代装備の薩長軍に勝てるはずはなかった。夕暮れ時までに寛永寺は灰塵に帰して江戸の北東部は炎に包まれ、江戸中の人々が上野の山を見ながら戦いの行く末を見守っていたという。彰義隊はわずか一日で鎮圧され戦傷者二千余を出して敗走したのである。彰義隊の何百人もの若い志士たちは、死体となって転がっていたが、埋葬することも許されず風雨にさらされたままだったという。

市民の中には官軍の略奪や暴行沙汰に反感を強めていて、彰義隊に声援を送る者もいたが、うっかり匿ったりすると処罰されるため、見て見ぬふりをせざるを得なかったという。

上野の山の戦闘は、これまで半信半疑でいた人たちにとっても、徳川の世が本当に終わったことを心底から思い知らされるきっかけとなったのである。

こうした政治の主導権争いから疎外されていた一般市民にとっての関心は、これから始まる近代国家の創設によって行われる変革が、自分たちの生活にどのような影響を及ぼすのか、ということに集中していた。

一方、忍藩の立場は複雑だった。忍藩は、徳川親藩として代々幕府の重臣を務め、幕府からは特に信頼されていた。会津藩とともに京都の警護を任されていた忍藩士にとって、慶応三年の大政奉還の内示は晴天の霹靂《へきれき》だった。それまで佐幕一辺倒であった忍藩は、上を下への大騒動となっていた。

慶応三年十二月中旬、京都はすでに薩長両藩の手中にあり、翌慶応四年一月四日には鳥羽・伏見の戦いが勃発する。

忍藩は幕府軍の後詰めを命じられるも敗走し、ことに慶喜公の大坂城脱出によって、大坂に集まっていた各藩の軍勢は支離滅裂となり、忍藩主・松平忠誠《ただざね》も紀州路に逃れた。この時、忍城には隠居した前藩主・忠国と老臣たちがおり、急遽忍藩の去就について深刻な評定が行われたのである。新政府軍に恭順の意志を示さなければ、賊軍となって征伐の対象となり、忍藩領民を巻き込んだ戦いを避けることはできない。

前藩主の決断は素早く、藩主の名代を急遽京都に派遣し、忍藩の帰順の意志を明確にすることで賊軍の汚名から逃れようとした。しかし、幕臣が忍城下に滞在を求めたときは、これまでの幕府との関係から無下に断ることもできず、幕府軍への食糧の供給を行うなど、恭順一辺倒ではいられなかった。

慶応四年三月、幕府軍は羽生陣屋《はにゅうじんや》に入り、軍勢を揃え足利まで進撃したが、ここで官軍と一戦を交え敗走してしまう。忍藩の態度に疑惑を深めていた官軍は、川俣《かわまた》関所を通って羽生に引き返し羽生陣屋を焼き払い、忍城に軍を進め高圧的な態度で帰順の誓書を要求し、同月三十一日になって、忍藩主と官軍軍使との面会がとどこおりなく終わり、ようやく事態は収束したのである。

羽生陣屋は、羽生領十八か村を管理する代官所として、慶応三年十一月に工事に着手し、翌年二月末に完成したばかりだった。周囲には水堀を巡らせるなど、忍城に似た構造で、内部には十一棟の建物を配置していた。陣屋の北方には川俣関所もあり、この関所を監視するという機能をも兼ねていた。

羽生陣屋は、完成からわずか半年足らずで焼き払われたのである。しかし、騒乱はこれで終わらなかった。その夜、折からの雨を衝くように、翌十一日にかけて打ちこわし一揆が起こったのである。

困窮していた農民たちは、寺の早鐘を合図に集合し、陣屋招請の発起人であった堀越庭七郎や陣屋構築に関わった者の家を焼き払った。打ちこわし一揆は羽生領内の豪農や名主の家にも波及し、忍領内にも迫ったが、江戸に向かいつつあった薩摩藩兵によってわずか三日で鎮圧された。怪我人はいなかったが、土蔵、酒蔵などは九十三棟、居宅に至っては二百十五棟が破壊されるなど被害は甚大だった。しかし、なかには百姓らの不穏な動きを察知して玄関先に酒樽を開けて振舞い、あやうく難を逃れた者もいたという。

羽生陣屋の建設には、羽生領十八か村の助郷に八千両の奉納金が割り当てられていた。これが農民暴動の火種となったのである。

陣屋構築には、毎日人足五十人ずつを近郷から駆り出して突貫作業で完成させたのだが、村には、降ってわいたような負担に不満がうっ積していた。

「役人たちは、百姓のことなんかまるで考えていない。搾れるところから搾りとろうっていう魂胆さ」

尋ねてきた羽生村の新兵衛は、そう言って憤った。

「今年の正月は大雨だった。田畑は洪水にやられて百姓は難儀しているので、御用金は受けられないと申し出てもらったんだよ。それでも認められなかったんだ」

「御用金もそうだが、人手が足りない時に駆り出されて大変だったなあ」

「そうなんだ。陣屋と藩主の両方から御用金やら工事の人足を命じられては、たまったもんじゃあない」

　表内は、新兵衛の苦労を思い頷いた。

「百姓は明日食う飯にも困っているというのに、役人たちは自分に都合のいいように百姓を使いやがる」

　新兵衛は、差し出されたお茶を、苦々しい面持ちで音を立てて飲み干した。

　役人たちは、新しく工事を始めるとなると、有無を言わせず農民に負担を負わせるのが常だった。名主の表内にとっても新兵衛の話は他人事ではなく、この騒動は屈巣村にも飛び火していた。農民暴動の中心人物たちが屈巣村に逃げ込み、村人たちがこのうちの三人を生け捕りにしたのだが、表内たち村役人には、これらの者たちを代官所まで無事届ける責任を負わされていたのだ。

　羽生陣屋の焼き打ちの炎は暗い夜空を焦がし、屈巣村からもはっきり見ることができた。

「官軍がやって来て陣屋が焼かれるのを見たら、自分たちの仇討ができたような気分になったよ」

　そんな新兵衛の言葉も、重い負担に苦しんできた農民の立場になれば無理からぬことだったのかも知れない。

焼き討ちのあとに起こった打ちこわし一揆は、瞬く間に周辺の村人たちが知るところとなった。五日後の十五日になってようやく平静を取り戻したが、この農民暴動は羽生領周辺の村々に深い傷跡を残したのだった。

この騒乱のために商品の出廻りは悪く、物価は高騰し庶民の生活は困窮の度を増していた。そのうえ、七月には大雨のため北河原堤防が決壊し水害に見舞われたのである。

忍藩はその後、名実ともに帰順したことが認められ、この後勃発した戊辰戦争では新政府軍に属して奥羽鎮撫に参加し、会津城等の攻略にも参加したという。しかし、帰順後の忍周辺は依然として人心不安が続き、強盗、賊徒が横行していた。領内の動揺が続いていた同年七月、名君とうたわれた老候忠国は波乱にみちた生涯を終えたのだった。

瀬戸際まで躊躇し危ういところで時流に乗ることができた忍藩には、時が味方したのかも知れない。それは、同じ親藩として行動を共にしていた会津藩の行く末を見れば明らかだった。

「会津の城は大砲を撃ち込まれて、多くの人が犠牲になったそうだ」

「薩長の連中もひでえことするなあ」

「大砲は、異国を打ち払うために作ったんじゃないんか？」

村人たちは、官軍となって攻め込んだ薩長への不満を口にした。

「お殿様の判断が遅かったら、忍の周辺もただじゃあ済まなかったろうさ」

後日、表内ら村役人たちも、賊軍となって官軍の攻撃の的となってしまった会津藩の惨状の詳細を知ることとなった。

忍藩は、領民をも巻き込んだ戦争から藩を死守しようとした、前藩主忠国と老家臣たちによる、時代にたくみに順応した判断によって会津藩と運命を分かつ形となったのだった。

幕末の動乱は、屈巣村も多大な負担を強いられたのはもちろん、一般市民をも巻き込んで行われた時代の終焉を象徴するものだったのである。


戊辰戦争の最後の戦いとなった箱館戦争が、大きな犠牲を払ってようやく終結すると、新政府は次々と新しい政策を打ち出していった。それは人々に「徳川様の時代が終わった」ということを実感させるものだった。

慶応四年七月に届いた喜十郎の手紙は、さらに皆を驚愕させるものだった。

生活の基盤を失った侍たちは江戸から移動を始め、身の回りの品々を積み上げた荷車の周囲を徒歩で進む人々の姿が街道を埋め尽くし、商人やその雇い人たちがそれに続くように江戸の町を去っていったという。大方の大名屋敷でも、門構えの蝶番や重厚な青銅の装飾品も剥ぎ取られ、屋敷そのものの多くは取り壊され、礎石や木材は建設業者に売り飛ばされてしまっていた。豪商たちは事業の不振に加え、盗みや絶えることのない戦火による焼失の危機に晒されて、やむなく店を畳み商売の本拠を他に求めて江戸を離れる決断をしたものも多かった。

こうして、夏の終わり頃になると、江戸の町は半ば廃墟のようになってしまったという。

「喜十郎は、このまま江戸にとどまるつもりかねえ」

サクは、不穏な江戸から息子を屈巣村に呼び戻したいと思っていた。

「板倉屋は、侍相手の商売じゃあないから影響はないらしいけどな」

「商売はできても、強盗に入られないか心配だねえ」

「喜十郎は、しっかりしているから大丈夫だ」

表内は、奉公に出て一年以上になるが一度も泣き言を言ってこない喜十郎を信頼し、本人の判断に委ねることにしていた。

明治元(一八六八)年七月、明治政府は江戸幕府の所在地だった江戸を東京と改称し、首都と定めた。東京は日本の政治、文化の中枢となり、十月に江戸城は皇居と定められ、名称も東京城《とうけい》と改められたのである。翌年六月には地方制度改革として、薩摩、長州など多くの大名が領土、領民の奉還を上表したのを政府は認め、それ以外の大名にも奉還を命じた。

明治四年七月には、全国の藩が廃されて府県が置かれ中央集権化が完全に達成された。忍藩は忍県となり、屈巣村も忍県の管轄となった。その年の十月には、府県合同により忍県と岩槻県、浦和県、小菅県等の管轄地が合併して埼玉県が誕生したのである。

第二章　出会いと別れ

一

十六歳になった多希は、埼玉郡関根村の名主を務めていた山下兵助の世話で、分家の倅である常吉との婚礼が決まり、嫁入りの準備に追われる日々を送っていた。

多希には父が決めてきた縁談を断る理由などなかった。まして高齢な父と、病弱な母を思えば一日も早い結婚が望まれていることは十分承知していた。女子であれば、良縁を得て他家へ嫁ぎ、子孫を産み、家系を継承することによって家内に幸せをもたらす、それが女性の目標とされていた時代であり、それ以外に選択肢はなかった。

明治二（一八六九）年十月、多希は、夫となる常吉と一度も顔を合わせることも、言葉を交わすこともないまま嫁入りの日を目前にしていた。奥の部屋には、親戚や藤村家と交流のある人々から贈られた祝いの品々であふれていた。それは、多希に婚礼という儀式以上に嫁ぐことの重大さを実感させるものだった。

文明開化といっても、それは日本のごく一部の社会だけのことであり、この周辺はまだ旧来の考えが深く根を下ろし、目に見えるような変化など見られるわけではなかった。

家族と過ごした十六年の歳月は、あっという間に過ぎてしまったように感じられた。そして、嫁入りの日は、若き日の自分自身との別れの日でもあった。結婚というものが自分に何をもたらし何を奪うものなのか、まだ十六歳の多希は知る由もなかった。

嫁入りの日の朝、化粧をしてもらい、母が縫ってくれた晴れ着を身に付けて、鏡に映った自分の姿を見つめていた。そこには、これまでとは違う見知らぬ自分の姿があった。

両親への別れの挨拶を済ませてから、多希の花嫁姿を一目見ようと押しかけていた近隣の村人たちに向かって丁寧に挨拶をした。小柄で細身の多希は、まだ幼くてまるで雛人形のように愛らしいと評判だった。

最後に家の仏壇にお参りすると、玄関でみんなに見守られるなか関根村に向けて出発した。生まれ育ち、慣れ親しんだ屈巣村の秋は静寂に包まれ、稲の刈り取られた閑散とした田畑が、ただ果てしなく広がって見えた。多希は、馬上から遠ざかってゆく故郷の風景を心に刻むように振り返って見つめていた。

関根村は、埼玉郡の七十村のなかでも小規模な村だった。米、大麦のほか綿も生産し、青縞《あおじま》といわれる藍で青く染めた縞木綿が特産で、女は農耕のほか機織りを兼ねていた。

山下家は、義父清吉、義母りん、五歳年上の夫常吉、それに常吉の弟の四人だった。藤村家よりも田畑は少なく農業の規模も小さかったが、米、麦の生産のほかに野菜や綿の栽培で暮らしを立てていた。使用人は、日雇いの奉公人が一人いるだけだったが、機織りの忙しい時期に限って、近所の女たちを使っていた。

婚礼の日、近所の人たちを招いての宴は夜遅くまで続いた。翌日の朝には義母りんとお宮参りに出かけ、昼過ぎには義父清吉に連れられて近所中へのあいさつ回りをした。

慣れないことばかりの目まぐるしい二日間が過ぎていた。疲労と気苦労が重なったせいか、翌朝は寝過ごしてしまい、急いで台所に行くと忙しく立ち働いている義母に背後から声をかけた。

「お義母さん、遅くなってすみません」

「頼むよ。急いでやっとくれ」

義母は振り返ると、多希と目を合わせることもなく手にしていた大きな鍋を手渡した。

多希はよろけながら重い鍋を受け取ると、朝食の準備を急いだ。

「今日からは、もうお客さんじゃないんだからね」

それが嫁として、義母からかけられた最初の言葉だった。

農家の嫁としての生活は、多希にとって想像していた以上に厳しいものだった。嫁に行くのは働きにいくようなものと聞かされていたとおり、朝は一番早くに起きて、夜も遅くまで働き、炊事、洗濯、針仕事、農繁期には実家では手にすることもなかった鍬《くわ》や鋤《すき》まで使うようになっていた。名主の一人娘として育てられてきた自分が、これから先農家の嫁として務まるのかと不安を覚えながら、ガサガサに荒れてしまった手を見つめていた。

「私が嫁に来た頃は……」、嫁の言動が気に入らない時は、この言葉が義母の口癖となっていた。義父よりも厳しい態度で接する義母は、多希にとって一番怖い存在であり、理不尽な言い方にも口答えをすることなど考えられなかった。

「昔の姑はもっと厳しかったよ」、義母は、そう言って自らの言動を正当化するのだった。

男たちの食事の世話が終わると、女たちは板の間で食事を摂るのがこの地域の慣習だった。嫁として、まるで母の生き方をなぞるように自分の人生の歯車がゆっくりと回り始めているような気がして、言いようのない焦燥感にかられるのだった。

翌年十二月の寒い朝、母サクは、多希の嫁入りを見届けて安心したかのように六十五歳の生涯を閉じたのである。多希は母の臨終を見届けることはできなかった。嫁いでまだ一年足らずで、姑の許可なしには外出することもままならなかったのだった。

今年、盆の里帰りを済ませて関根村へ帰る日に、母の手を取ると、骨ばった冷たい手が力なく握り返してきた。母はずっとそばにいて自分を見守っていてくれる、そんな根拠のないことを信じ込んでいた自分に腹を立てていた。

知らせを受けて母のもとにかけつけると、痩せ細った手足が長い闘病の辛さを物語っているようだった。多希は、もの言わぬ母の青白い横顔を見つめていた。

「苦しかったねえ。早く来られなくてごめんね」と冷たくなった母の頬を撫でた。

野辺送りを済ませ綺麗に片付けられた奥座敷は、母がもうこの世にいないことを実感させるだけだった。

母に心配をかけまいと明るく振舞っていると、霜焼けで赤く腫れた多希の両手をとって
「大丈夫かい？　うまくやれているの？」と顔を覗き込むように見つめていた。

母は、家族思いで、いつも家族のことを優先して自分のことは後回しだった。父は、名主の仕事や曲輪《くるわ》（ご近所）の付き合いなどで長く家を留守にすることもあったが、母は普段から出かけることは少なく泊りがけの外出は一度もなかった。この田舎の小さな村で六十五年の生涯を生きたのだった。自分も母のように、家のため家族のためだけに生きる人生を送るのだろうかと、ふと思うのだった。

この年の六月、政府が村役人を廃止し戸長制度を定めたことにより、表内は長年務めていた名主役を解かれた。七十一歳になった表内は、家督を長男喜八に譲ることを決意し、家長としてのすべての役目から身を引いて隠居同然の身の上となっていた。

「ようやく肩の荷が降りたよ」と言う父の笑顔には一抹の寂しさが滲んで見えた。

明治という新しい時代が開かれてから五年が過ぎていた。多希は、山下家に嫁いですでに三年経っていたが、まだ懐妊の兆候は見られなかった。義母が、隣村に嫁にやった娘の孫の話を口にするたび居たたまれない気持ちになるのだった。「嫁して三年子なきは去る」という七去《しちきょ》に従えば、離縁されても仕方のない立場に置かれていることに気づかないわけにはいかなかった。家の後継ぎを産むことが嫁としての責任であるとしたら、それは当然のことだった。

義母は、働き者で気性の激しい人だったが、夫常吉は穏やかな性格で時には忙しく働く妻をかばい労わってくれる優しい人だった。そんな息子の態度は、姑苦労を重ねてきた義母には受け入れられず、そのぶん嫁に辛く当たることになったのかも知れなかった。常吉は、母から厳しい言葉をかけられても「気にするな」と、かばってくれていた。

多希の体に異変が生じたのは、そんな辛い時期を過ごしていた頃だった。実家や喜十郎からも祝福の便りが届き、嫁としての義務をようやく果たせた安堵感に包まれていた。

それでも義母は「お産は病気じゃないんだよ」と、身ごもった嫁に対して辛辣な言葉を投げかけていた。

嫁としての日常の負担は少しも軽くなることはなく、余裕のない生活は徐々に多希を苦しめていった。


年が明けて立春も過ぎ、ようやく春の兆しが見え始めた三月初旬。季節外れの雪が降り、まだ解けきれないまま庭土を白く覆っていた。先月には、屈巣村の実家から紅白の帯と米、小豆が届けられ、赤飯を炊いて帯祝いを済ませていた。

多希は、徐々に大きくなっていくお腹を抱えながら、ようやく母親になる実感を持ち始めていた。底冷えのする寒さの中、いつものように朝食の準備に追われていた。裏庭の井戸から水をくみ上げると、重い水桶を吊り下げた天秤棒が細い肩に食い込むようにのしかかっていた。

固く凍った雪を踏みしめて台所に入ると、何の前触れもなく突然の腹痛に襲われた。激しい痛みに苦しむ姿を見て、常吉はすぐさま産婆を呼びに駆け出すと、息を切らせて取り上げ婆のトシを伴って帰ってきた。順調に育っていたはずのお腹の赤ん坊は流産の危機に晒されていた。

多希は、必死の手当もむなしく赤ん坊を死産してしまった。胎児がお腹で育っていたぶん体の傷は大きく、日中から部屋で休んでいることが多くなった。

「いつまで寝ているんだろうねえ。わしが常吉を生んだ時には、四、五日目で田んぼに出たもんさ」

常吉は、義母の言葉を遮るように小声で多希にささやいた。

「ゆっくり休んでいていいんだよ」

そんな常吉の言葉に甘えていたが、農閑期に行っていた機織りで忙しく働いている義母に対して自分だけ楽をしているようで心苦しく、相談相手もいない療養生活は孤独で寂しく辛いものだった。子どもを亡くした悲しみは体の痛みと相まって、多希の心を暗く覆っていた。

お産をした娘の母親は、お産からお七夜頃まで娘の食事や身の回りの世話をしに嫁ぎ先へ通い詰めるのがこの地域の習わしだったので、母がいてくれたらと思わずにはいられなかった。

奥の部屋に閉じこもっている多希を心配して、トシは何度も様子を見に来てくれた。トシもまた息子を流行病《はやりやまい》で亡くした身の上だった。

「子を亡くした親の気持ちは、当人でなければ分からないもんさ」

苦労を重ねてきたトシの顔に、その悲しみは深く刻まれているようだった。

トシの一人息子を奪ったコレラが流行ったのは十四年前だったという。安政二年に起こった江戸大地震の復興もままならない中で、今度はコレラの大流行が江戸の町を襲い、八月上旬には江戸全体から近郊地域まで急速に拡大し、埼玉郡の村々にも迫った。八月も終わりの頃になると屈巣村でも病人が出始め、村中でお祓いをして疫病神の退散を祈ったが、多くの村で死者が相次いだ。忍の城下でも、コレラの撃退を祈って天王様の渡御《とぎょ》を行ったが、その後も流行が止まないため、鉄砲を持ち出して町中で空砲を打ち歩いたという。

トシは、ごつごつとした手のひらに白い息を吹きかけると、温かくなった手で多希の肌に触れた。

「気分はどうだい？」

トシは、深い皺の奥から穏やかな眼差しを向けた。

「まだ若いんだし、またいつでも生めるから心配しないでなあ」

そう言って慰め、曲がった腰を支えて立ち上がると、焦らず養生させるようにと常吉に念を押すのを忘れなかった。

未だに体は思うようにならず、家事も十分とはいかなかった。今はただ、喜十郎が送ってくれる本を読むことだけが心の慰めになっていた。

「また、読んでいるのかい？　なにが面白いのかねえ」

義母のなにげない言葉が、多希の孤独な心に突き刺さった。嫁としての務めを果たしているうちは大目に見ていたが、今は容赦ない言葉を投げかけるようになっていた。

「学問がある嫁も困りもんだよ」

近所の人との会話が寝床にも聞こえてきた。

唯一の慰めだった喜十郎からの手紙や本も、いつか取り上げられてしまうかも知れない、そう思うと義母に隠れて読むようになっていた。常吉は、母に口答えすることもなく、多希は、自分を守ってくれない優柔不断な夫の態度に苛立ち憎らしくさえ思えてきた。自分はいったいここで何をしているのだろうか、そんな思いが心をよぎっていた。

長引いている闘病生活の様子は、当然藤村家にも伝わることになった。山下家での嫁としての立場を案じた表内は、娘を実家に引き取って養生させることを決意し、両家の話し合いが持たれることになった。山下家のお荷物になっている現状は両家の今後の交流にも悪影響を及ぼすことになると判断した結果、病気の治療と称して一時的に娘を里帰りさせることで合意したのだった。

体調はだいぶ回復してきていたが、山下家で暮らすことに苦痛を感じ始めていた多希は実家に戻ることに同意したが、これが常吉との離縁にまで至ることになるとは、まだ予想もしていなかった。

家々の田植えが終わり農繁期も過ぎた七月初め、善さんが迎えにやって来た頃には、田植えを終えた田んぼに青い稲穂が風に揺れ、一面が稲の波に覆われていた。多希の帰郷とともに季節は夏へと変わろうとしていた。

山下家の両親と常吉に挨拶を済ませると、夕暮れになるのを待って屈巣村へと出発した。いくら療養のためとはいえ、実家に帰ることを好奇な目で見られたくなかったからだったが、山下家の門をくぐると、檻から放たれた小鳥のように気持ちが軽くなるのを感じていた。しかし、すっかり体力が落ちていて足取りはおぼつかなかった。屈巣村への歩き慣れた道も、今は見知らぬ道のように感じられた。それでも、美しい初夏の田園風景は、傷ついた心に寄り添い優しく迎えてくれているように思えるのだった。

善さんは、多希に背中を向けてしゃがみこむと「お乗りなさい」と優しく促した。

草履の鼻緒が食い込むような痛みは一向に治まらず、道の窪みに足を取られてふらつき、善さんの言葉に甘えることにした。

「奥さまが亡くなられてから、ずいぶん寂しくなりました」

「もうすぐ一年になるのね」

「奥さまは優しい方でしたから。おかげでわしらも、こうして暮らしてこられたんです」

母が亡くなって以来、思い出を語る相手もなく悲しみが癒えることはなかったが、そんな善さんの言葉に涙があふれてきた。

屈巣村の入り口に差し掛かると、田畑の間に点在する家々に明かりが灯り始めていた。

二

「お帰り。待っていたよ」

トブグチには、年老いた父の変わらぬ笑顔があった。

傷ついて帰ってきた娘を気遣う父は、何も聞かずに優しく迎えてくれ、幼い甥や姪たちは珍しい客にはしゃぎながら、何が起こっているのか不思議そうに眺めていた。多希の療養には納戸の隣の部屋が用意されていた。

「具合はどうだい？　ゆっくり養生しなさい」

「ご迷惑をおかけします」

「なあに、多希の生まれた家だ。遠慮することはない」

そう言った父の背中が、思いのほか痩せて年老いたことが哀しく切なかった。

実家での療養の甲斐あって体は予想以上に早く快復し、こけていた頬はふくらみを増しほんのり赤みがさしていた。体調が良い日には台所仕事や針仕事も手伝い、以前と同じ生活が送れるようになってきていたが、山下家に戻る日のことを思うと憂鬱な気分に襲われるのだった。

甥の久太郎は十三歳になり、背丈も伸びて見違えるほど成長し、十一歳のゑいと八歳になる登世の二人の姪も、ともに新しく設置された小学校に通っていた。

伊藤つ屋が訪ねてくれたのは、里帰りして二か月が過ぎた頃だった。つ屋は、隣の野村の豪農の娘で、玉松堂で机を並べて一緒に学んだ二歳年下の友だちだった。

「具合はどう?」

つ屋は、心配そうに多希の顔を覗き込んだ。

「もう大丈夫よ」

「そう。良かったあ。赤ちゃんは残念だったけど、元気になればまた授かるよ」

二人は、夏の陽射しがようやく陰り始めた縁側に腰を下ろし、涼風に一息つきながら語り合った。

「多希ちゃん、関根村にはいつ帰るの？」

「……」

多希は俯いたまま言葉に詰まっていた。つ屋は、多希の気持ちを察していた。

「手習いに通っている時は楽しかったね」

高く澄んだ青い空を仰ぎながら、つ屋は懐かしそうに呟いた。

「そうね。さとちゃんたち、どうしているのかなあ」

楽しかった寺子屋での話題はつきなかった。

「玉松堂はやめちゃったんでしょう？　先生はどうしてる？」

久太郎から、新しく小学校が開校し、寺子屋がなくなってしまったということを聞いていた。

「養山先生は、新しく開校した野村学校の先生になったらしいよ」

「そう。東京には帰らなかったんだね」

二人が手習いに通っていた頃から六年余りの間に、教育環境も大きく変わっていた。

明治の文明開化とともに、明治三（一八七〇）年には藩立の女学校や外国人による女学校が創設され、翌年には津田梅子《つだうめこ》ら五人の少女が米国へ留学するなど、政府も男女平等にもとづき各自の個性を伸ばす自由な雰囲気での教育に力を入れていた。

明治四年七月に文部省が設置されて、翌年八月には日本最初の近代的学校制度を定めた教育法令「学制」が発布された。

政府は、全国を八つの大学区に分け、それぞれに大学校・中学校・小学校を設置することを計画し、身分・性別に区別なく六歳以上の男女の就学を推進して国民皆学を目指していた。この法令によって寺子屋は廃止されていた。しかし、授業料のみならず、学校建設費や運営費も親の負担とされたため、民衆の不満が多く学制一揆も起きていたのである。費用負担のみならず、これまでの寺子屋の教育内容とは大幅に変更されてしまったために民衆の不満は高まっていた。これまでどおりに子どもを寺子屋に入門させている親もいて、寺子屋は「学制」が発布された後も継続していたところもあったのだった。


「私ね、東京の呉服屋に奉公に行くことになったの」

つ屋は、突然そう言うと目を伏せた。つ屋には二人の弟がいて、いずれ家を出なければならないことに変わりはなかったが、家族と離れて暮らすことの不安はぬぐえなかったのだった。つ屋は、寺子屋で四年間の手習いを終えていたが、まだ良縁に恵まれずにいた。

「大人しくて働き者」の女が好まれる条件で、それは言い換えれば「従順で体が丈夫」という意味でもあり、「読み書きができる」ことは好ましくないことであった。農家の嫁は、家の労働力を補うための働き手として役に立つかが重視され、学問の有るなしには無関心だった。

つ屋の二歳下の弟は十六になってから縁談話も出始めるようになり、両親は娘の立場を考えて奉公に出すことを決めたのかも知れない。それは多希にとっても、他人事ではなかった。兄夫婦の優しさに甘えていたが、甥久太郎はこの三年の間にすっかり成長し、多希の身長を超えるほどになっていた。

つ屋は、奉公先では昼間店で働きながら礼儀作法を身につけ、夜には琴を教えてもらえることになっているのだという。

「働きながら芸事を習えるなんて羨ましいな。これからは、学問でも芸事でも何でも身につけた方がいいと思う。それに、女だって今まで通りじゃダメなのかも知れないよ」

明治になって世の中は変わっても、屈巣村での日々の暮らしに大きな変化は感じられなかった。でも、東京には今までとは違う新しい風が吹いているのではないかと思えた。

つ屋を見ていると、自分だけが時の流れから取り残されてしまったような寂しさを感じていた。多希には、夢を見ることも許されない現実だけが目の前に立ちはだかり、東京は遠い夢の世界に思えるのだった。

実家に戻って半月も経つと、多希の気持ちには大きな変化が生まれていた。見舞にやって来た常吉と久しぶりに顔を合わせると、今まで過ごしてきた山下家での暮らしや、不甲斐ない夫の態度が嫌悪感を伴って思い出された。常吉には夫としての親しみはあるが、夫婦としての愛情が持てないでいる自分を改めて認めざるを得なかった。

表内は、そんな娘の気持ちの変化に気づいていた。無理をして山下家に戻すと取り返しのつかないことになりはしないか心配していた。

盆送りも済み夏も終わりに近づいた頃、父は穏やかな口調で娘に語り掛けた。それは、言葉とは裏腹に、娘の幸せを願う父の苦悩に満ちた言葉だった。

「いつまでもこのままではいられないぞ」

黙って俯いている娘に表内は畳みかけた。

「多希、本当に山下に戻る気はないのか？　お前の本当の気持ちでいいんだよ。父さんや家のことは気にかけなくていい」

多希は、父に正直な気持ちを打ち明けた。

「仕方がないな。それじゃ離縁ということでいいのだな」

父は、納得の表情を浮かべながらも再度念を押した。多希には、父が初めて発した離縁という言葉が胸に突き刺さった。その言葉が、これからの人生に待ち受けている困難を暗示しているように思えたのだった。

数日後、父は仲人だった兵助とともに山下家を訪れ、正式に離縁することを決めてきた。すると日をあけずに、多希のもとに夫常吉からの離縁状が届けられた。実家に帰ってから二か月が過ぎようとしていた時だった。

多希は、周囲の心配をよそに内心ほっとしていた。離縁された悲しみよりも、肩から重い荷物を降ろしたような心地よい解放感に浸っている自分に、罪悪感さえ覚えるのだった。山下家では、多希が実家に戻った頃にはすでに離縁を考えていたようであり、義母の言葉は厳しいものだったという。

「うちが欲しいのは、後継ぎを産んでくれる丈夫で働き者の嫁さ。少し読み書きができるからって、昼間っから本を読んでいるような嫁はこの家にはいらない」

表内は、義母の言葉を伝え聞き関係修復が困難なことを改めて実感させられたのだった。

嫁の流産は、家を維持し存続させるためには重大な出来事だっただけに、山下家の判断は仕方がなかったのかも知れない。それは世間一般で言われていることであり、義母自身に幼い頃から植え付けられた根深い倫理観に基づいた言葉なのだと理解するには、多希はまだ幼かった。

それから数日後、多希の荷物が送り返されてきた。嫁入り道具だった箪笥や長持ち、鏡台など多希が山下家で使っていたものだった。部屋いっぱいに運び込まれた新品同様の嫁入り道具を見つめながら、自分もこの嫁入り道具と同じように山下家にとって不要なものになったのだと思った。十六歳で嫁入りしてから、わずか三年のことだった。

当時、離縁や再婚はそう珍しいことではなく、望みがないのであれば早いうちに離縁するのはお互いのためでもあった。離縁状に、今後お互いの人生にいっさい関わらないことを明記すれば再婚も自由にできたし、離縁してすぐに再婚することもまれではなかった。

常吉から届いた離縁状には、丁寧で美しい文字が綴られていたが紋切型の言葉の羅列で、そこには夫婦としての絆も、三年間の生活の重みを感じさせるものは見つけられなかった。自分が耐えた三年間は何だったのだろうか。そう考えたとき結婚というものが一層虚しく思えるのだった。

明治という時代が、何をもたらしたのかまだ実感が得られずにいた。それでも、確実に新しい時代の足音は近づきつつあった。人々は欧風化という新しい息吹に、時には驚嘆し時には反発も感じていた。しかし、東京から遠く離れた田舎の農民にとって近代化はまだ遠い世界の出来事でしかなかった。

新政府は、明治二年に鉄道の建設を決定し、翌年鉄道建設に着手すると、わずか二年後の明治五年三月には新橋と横浜間に日本初めての鉄道が開業を迎えた。これまで馬車で四時間かかったものが、わずか五十三分で結ばれたのである。

喜十郎は、新橋まで開業式を見物に行った時の様子を手紙で知らせてくれた。

新橋と横浜の両駅で開催された開業式には、明治天皇の臨席のもとに賑やかに執り行われ、当日は大勢の見物人が集まり、民衆は天皇陛下が乗った列車が通過するのを線路の両側に跪いて見送ったそうである。新橋停車場は、文明開化の象徴として建てられた二階建ての洋風建築で、左右対称の建物正面を持ち、当時としては珍しい駅舎中央のアーチ窓で、いままで見たこともないような美しさにみな目を見張っていた。新橋、横浜両停車場では雅楽が演奏され、近衛砲隊日比谷練兵場で百一発の祝砲が、品川沖の軍艦からも二十一発の祝砲が撃たれ、驚くほど華やかな開業式だったという。

西洋文明が怒涛のごとく流れ込み、江戸の武家屋敷は姿を消していた。その跡地には次次と洋風建築物が建設され、町は近代化の波に飲み込まれていた。明治政府の目指す欧風化による諸制度の改革は目覚ましく、日々移り変わっていく街の景色を目の当りにしている東京の人々の興奮と熱気が、喜十郎の手紙からも伝わってくるのだった。

実家での暮らしも二年目になり、自らの身の処し方を決めなければならないときが迫っていた。甥久太郎は、この春に十五歳になり一人前の男として扱われる年齢になっていた。久太郎の縁談でもまとまれば、ここに自分の居場所はなかった。

離縁してから一年が過ぎた頃、再婚の話が持ち上がった。多希の体も順調に快復し再婚に何の問題もなかったが、まだ再婚を現実的に受け止めることはできずにいた。女は結婚して妻となり夫に養ってもらう以外に生きる道はないのかと、悲しく情けなかった。表内はそんな娘の気持ちを思い相手方への返事を先延ばしにしていたのだった。

「どうなんだい？　多希。嫌なら断ってもいいんだぞ」

表内は、それ以上何も言わなかった。

自分が決めてきた結婚を、娘は素直に受け入れて嫁いだが、その結婚で女としての幸せを掴めなかった娘に対して、表内は申し訳ない気持ちを抱いていた。

「そのうち、もっといい縁談がくるかも知れないし、急ぐことはない」

でも、もっといい縁談などないことは多希にも分かっていた。離縁された女はそれだけ再婚の条件が悪くなり、まして子どもが望めないとしたら当然のことだった。

表内は、自分の古い考えを押し付けるのは、もはや時代遅れなのかも知れない、娘には新しい時代にふさわしい生き方を見つけてほしい、と思うようになっていた。多希は、常吉から離縁状が届いた時から、女が一人で生きてゆく方法はないものかと密かに考えていた。

三

翌年、二十一歳になった多希は、藤村家に出入りしていた行田町の商人の紹介で、熊谷宿で取り上げ婆をしている大島ゆきを頼って、住み込みでゆきの手伝いをすることを決心し、新しい道を歩み始めたのだった。

熊谷宿は屈巣村から二里余りで、道中六十九次中でも板橋宿に次ぐ大きな宿場だった。忍との間をむすぶ忍御成街道や秩父などへの脇道も多く、交通の要衝として栄えたが、風紀を乱すという忍藩の方針から旅籠屋に飯盛り女を置くことを禁じたため、旅籠屋の軒数が少ないことが宿の特徴だった。宿泊業に依存せず、絹屋、綿屋、糸屋などの機織りの店や茶屋、うどん屋などが軒を並べ、商いの町として賑わいをみせていた。

大島ゆきは、大島産婆と呼ばれて妊産婦から信頼され慕われていた。そして、ただ子どもを取り上げるだけではなく、子どもの一生を通じて関わり合って親子のような関係を持っていた。多希にとって産婆は特別な存在だった。藤村家で生涯を過ごし母のために尽くしてくれた取り上げ婆のチヨや、流産で苦しんでいた時に何度も訪ねて元気づけ慰めてくれたトシのことがいつも心を離れなかった。今度は自分が困っている人を助けたいという気持ちになったのも、二人の存在があったからだった。それに、産婆として一人前になれたら誰にも頼らず一人でも生きていける。そのためにも見習い産婆として修業をする道を選んだのだった。

大島産婆の家は熊谷宿の町の中心部にあり、高城《たかぎ》神社の近くにあった。ゆきは、長年この地で産婆を務めていたが、六十をとうに過ぎていて体力の衰えから産婆を廃業することを考えていた。しかし、産婆としての自分の最後のお務めと思い、老体に鞭打って長年の経験から得られた知識や技術を伝授してくれることになったのだった。

大島産婆の自宅に住み込み、炊事、洗濯などの家事をしながら往診にも同行させてもらい、お産介助の手伝いを始めた。しかし、産婆は長時間労働だった。お産は、昼、夜なく呼び出されるので、時には眠い目をこすりながら大島産婆のお産道具一式を持って、暗い夜道をよろけながら、ゆきの背中を追いかけたこともあった。

産室は、たいがい納戸か奥座敷に用意されていた。お産は、陣痛が始まると畳に油紙を敷いて、その上に布団を敷き掛け布団を畳んで寄りかかり、座って産むという「座産」といわれるものだった。赤ちゃんは、子宮口から下向きに出てくるので、そこを産婆さんに受け止めてもらっていた。

赤ちゃんが元気な産声をあげたとき「命をつなぐ」という、古来からの営みの瞬間に立ち会えた喜びを感じることができた。こんなに小さな赤ちゃんが、多くの人を喜ばせる大きな存在になっていることに改めて心動かされるのだった。

無事にお産が終わり、お母さんの晴れ晴れとした美しい笑顔を見ると嬉しくて、帰り道は足取りも軽やかになった。でも、必ずしもすべての赤ちゃんが無事に産まれるわけではなく、死産などの悲しい出産に立ち会うこともあった。今自分がこうして生きていることと、それが当たり前ではないのだと思い、無事に生まれ、今生きていることに改めて感謝の気持ちが芽生えてくるのだった。

産婆は、分娩の介助だけでなく時には堕胎の依頼も受けなければならなかった。それは大島産婆も例外ではなかった。子沢山の夫婦や貧しさからやむを得ず堕胎、間引きすることも少なくなかった。堕胎の方法は、産婦の体を傷つける恐れのある危険なものであり、時には死に至ることもあった。子どもが欲しくても恵まれない人がいる一方で、貧困のためにせっかく授かった赤ん坊を堕胎しなければならない人がいるという現実を知り、この世の不公平を思わずにはいられなかった。自分がなりたかったのは、産婦と子どもの命を守る産婆という仕事であって、この現実はそんな思いとは相容れないことだった。初めて突きつけられた悲しい現実に、これからも産婆を目指していけるのかと自分自身に問いかけていた。

「誰だって好き好んで堕胎なんかしない。家族みんなが生きていくために仕方なくそうしているのさ」

大島産婆の年老いて丸くなった背中が、長年の苦労を物語っているように見えた。

「でも、頼まれるまま引き受けてきたわけじゃあないよ。なんとか産んでくれるように説得をしたこともあるし、生まれた赤子を、子どもに恵まれない夫婦の養子にしてもらったこともある。取り上げた子を幸せにすることも産婆の役目だと思ってね」

大島産婆は、この仕事に誇りを持っていた。それは、日頃の仕事ぶりを見ている多希の心にも響いていた。

「まあ、世の中はきれいごとだけでは済まないこともあるもんだよ。わしは、無事に堕胎させてあげることも、助けることなんだって思うことにしたんだ」

時には、意に沿わないことも引き受けなくてはならないという覚悟が必要なのだ、と教えながらも、その表情には複雑な思いが交錯しているようだった。

「産婆をやっていても、いいことばかりじゃあないさ。赤ん坊も、母親も助けられなかったことも何度かあった。家族が泣いているなかで、自分にも落ち度があったんじゃないかって苦しい気持ちになって、暗い夜道を一人泣きながら帰ってきたこともあった。もう産婆なんかやめたいと思ったことも何度かあったけれど、取り上げた子どもたちが元気に成長している姿を見ると、なんだかみんな自分の子どものような気がしてねえ。やめられずに、こんな年になるまで続けてきたのさ」

多希は産婆の利点ばかりに目を向けて、人から感謝されたいと思っていた自分を恥じた。

「子どもが何歳になっても、母親は子どもが生まれた時のことを決して忘れない。その瞬間に立ち会って、いい時も悪い時も母親に寄り添うことができるのが、産婆のやりがいだと思うよ」

感謝されることも憎まれることもあるかも知れない。大島産婆の言葉に励まされ、辛い時こそ悲しい時こそ産婦に寄り添える産婆になろうと心に誓うのだった。

明治政府が「産婆規則」を布告し、産婆による堕胎や売薬の取り扱いを禁止したのは明治元年十二月だった。これまで全国的な処罰の対象とはなされていなかった産婆による堕胎に対して、たとえ止むを得ない事情であろうとも処罰の対象とする、という産婆の業務を厳しく規制したものだった。

政府は、子どもを生産力と捉え、人口を増やし産業を興すという富国強兵策を推進して、一刻も早く欧米の列強に追いつこうとする政府の方針と、人口を減らす堕胎の考えは相容れないからであった。しかし、いくら政府が法律で禁止しても、人々の貧困が解消されない限り、堕胎や間引きが行われている現状を変えることができなかったのは当然であった。


多希が住み込みの産婆手伝いとして働き始めていた明治七（一八七四）年八月、政府は産婆業を許可制にし、その資格を明確化した。衛生や医学の知識もないまま、経験的に出産を取り仕切っていた旧来からの産婆たちに対して、とりあえず産婆業を許可制にして、産婆が医者の領域に触れることや堕胎に手を貸すことを禁じようとしたのである。

文部省から出された「医制」の中で産婆の職分や資格が規定されている。その内容は、従来営業の産婆は仮免状で引き続き営業できること、新たに免状を申請するものは四十歳以上の女で、婦人小児の解剖生理と病理の大意に通じ、産科医から実験証書を取得した上で試験して免状が与えられること、さらに産婆は、原則として産科、内科、外科の医者の指図なくして医学的処置をしてはならず、また産科機器を用いてはならないし、投薬もしてはならない、とある。

医師にとって産婆は、ただ新生児の沐浴やオシメかえ、産婦の更衣の世話ができるだけで、医師と同じように死生の判断を行い、救護術の成否を決めることなどできない無知な人材だと否定的に捉えられていた。「医制」の発布によって、産婆の仕事の範囲は著しく制限されていったのである。

政府は、徳川時代の鎖国政策によって遅れた諸外国の文明に追いつけ、追い越せと「富国強兵」「殖産興業」を国是とし、「富国強兵」策は、西欧列強に対抗する手段であり、国を富ませ、兵力を強めることを目的としていた。そのため、無資格者を排除することによって、出産による妊産婦と産児の死亡を防ぎ人口減少に歯止めをかけ、兵力を増大し、軍備の充実を成し遂げられると考えていたのである。

多希にとって、産婆の無資格者排除の知らせは寝耳に水のことだったが、これを乗り越えなければこれまでの努力は水泡に帰し、産婆として自立することもできなくなることを意味していた。これからも産婆として働いていくためには、どのように行動したらいいのか途方にくれていたが、結局、進む道はこれまでどおり、大島産婆のもとで産婆見習いとして技術を磨いていくしか方法はなかった。しかし、このあと多希の前に新たな道が開かれることになったのである。

第三章　新たな旅立ち　東京へ

一

明治八（一八七五）年十一月に、東京女子師範学校が東京本郷御茶ノ水に開校した。男尊女卑の思想が根強く女子教育に無理解な時代に、それは画期的なことだった。

さらに明治九（一八七六）年に、東京府は次のような布達を出した。

「二十歳以上三十歳以下ノ婦人ニシテ一通り真片仮名ノ文ヲ読得ルモノ三十名ヲ限り入学差許候。営業之志願アルモノハ来明治十年二月十五日限り住所姓名族籍ヲ詳細ニ認メ愛宕下本府病院へ願書可差出此旨布達候事
但、教授科目之儀ハ病院ニ出願可致
尤教授料ハ差出ニ不及候事」

「二十歳以上三十歳以下の婦人で、一通りの片仮名を読むことのできる者三十名を入学させるので、志願者は明治十年二月十五日までに住所氏名族籍を詳しく記入して、愛宕下の東京府病院まで願書を出すように。但し、授業料は差し出さなくてもよい」というものだった。東京府は、東京府病院内に産婆教授所を設置し、免許試験について布達したのだった。

喜十郎は、いつものように朝食を済ませると、卓袱台の上に広げた東京日日新聞の広告欄の記事を見て思わず息を呑んだ。産婆教授所への応募資格となっている「一通りの片仮名を読めること」、そして二十歳以上三十歳以下という「年齢制限」も妹にぴったり合っていた。喜十郎は、すぐにこの新聞記事を切り抜いて手紙に添え熊谷にいる妹にあてて送ることにした。

明治維新を機に、日本の医学は急速に西洋化の道をたどっていた。明治七年の「医制」発布まで、産婆の資格制度などの規定はなく、お産の経験を積んだものが取り上げ婆として重宝がられているに過ぎなかったが、日本全体が近代国家を樹立するために西洋化を目指して、女子教育を重視し、産婆についても基本方針を決定したのだった。

喜十郎からの手紙に何らの迷いもなく、すぐにでも喜十郎に返事を書かなければと気がせいていた。

「父さん、私、東京に行って産婆の資格を取ろうと思うの」

表内は、久しぶりに帰ってきた娘が、瞳を輝かせ生き生きとしている姿が嬉しかった。

「でも試験に合格しなくちゃいけないんだろう？」

「ええ。学校では西洋医学を勉強するらしいから難しいかも知れないけれど、どこまでやれるか頑張ってみたい。試験に合格すれば産婆の資格がもらえるって。そうすれば、お産でお母さんや赤ちゃんが死ぬことがないようにしてあげられるし、それに、産婆になれば一人でも生きていけるでしょう？」

娘の希望に燃える顔に、年老いた父の優しいまなざしが注がれていた。

「多希のやりたいようにやってみなさい。ただし、免状を貰えるまでは家に帰ってこなくてもいいぞ」

父の顔が、一瞬厳しい表情に変わったように思えた。

「父さんたちの時代はもう終わった。これからは多希たちの新しい時代が来るんだ。きっと女でも学問で身を立てられるような世の中になるだろうよ」

父は、そう言って多希の決意を応援してくれた。

産婆教授所では、入学金や授業料は必要なかったが生活費は自己負担だった。父と喜八が路銀と東京での生活費を工面してくれることを約束してくれた。

大島産婆も入学に賛成し、励ましてくれた。

「行ってきなさい。わしには、西洋医学ってもんがどんなものか分からないが、もっと安心して赤ちゃんを産ませてあげられるようになるなら、こんな嬉しいことはない。それに、これからは資格がなければ産婆はできなくなるんだろう？　それならやるしかないよ」

「ええ。一生懸命勉強してきます」

「やれやれ、これでようやく仕事じまいができるよ。もうこれからは、わしらみたいな取り上げ婆さんの出番はなくなるんだねえ」

大島産婆は、多希の肩に手を回すと感慨深そうにため息をついた。

家族や周囲の了解を得るとすぐに、喜十郎に手紙を書き、産婆教授所への入学希望と、入学願書を提出してくれるように頼んで、入学許可の連絡を待つことにした。

二

明治十（一八七七）年二月。東京の喜十郎から便りが届いた。

日本初の産婆教授所には、全国から志願者が殺到するものと思われていたが、予想外に志願者は集まらなかったという。しかし、このことが幸いしたのか、多希の入学が許可されたということだった。授業料が無料だったことも多希にとっては幸運だった。前もって多額の入学費用を工面する必要もなかったため、すぐに旅立ちの準備に専念することができた。

出発は、東京府産婆教授所の入学式と決められている五月十五日に間に合うように、五月十日と決めていた。生まれて初めて見る憧れの東京へ、初めての一泊二日の旅だった。喜十郎の迎えを待つまでの間、準備に追われながらも期待と喜びで心は弾んでいた。

「多希ちゃん、これを持っていって」

兄嫁こふは、新調した紫色の袴を差し出した。

「東京の学生は袴を着るらしいよ。忍の呉服屋で作ってもらったの。多希ちゃんには少し地味だったかしらねえ」

実直で無口な兄は、口には出さないが何かと多希の行く末を心配していた。多希の出発に合わせるように注文してくれていたのだった。

こふは、多希と十歳しか違わないが、藤村家の嫁としてりっぱに務めを果たしていた。

母の最期も看取ってくれたうえ、出戻った多希を何も言わずに受け入れてくれた。辛いこともあったけれど、自分がこれまでどんなに恵まれていたのかを改めて知ったのだった。母のような良い嫁にもなれず、良い母親にもなれなかった自分が悲しくて、実家で過ごす最後となった夜は、布団に入ると自然と涙がこぼれてきた。

旅立ちの朝、喜十郎と多希は母への報告をかねて墓参りを済ませると、改めて家族に別れの挨拶をした。

「もしかしたら、これが最後になるかも知れないなあ」

父は多希を前にして、珍しく弱音を吐いた。父は笑顔で送り出してくれたが、これが父との最後の別れとなった。多希が東京に行って半年後の明治十年十一月。父表内は、七十二歳の天寿を全うし、多希の帰郷を待たずに旅立ったのだった。

近代化の象徴である鉄道が次々に開業を始め、六年後には上野、熊谷間の開業を予定していたが、まだ地質調査が行われただけで本格的な工事は始まっていなかった。

明治十年五月、多希と喜十郎は屈巣村を後にすると鴻巣宿を目指して歩き始めた。

多希は、喜十郎に連れられて、赤城おろしに身を震わせながら寺子屋に通った、あの寒い朝の光景を思い出していた。

「良かったねえ。こんなうれしそうな顔を見るのは久しぶりだ」

荒川の橋のたもとまで見送ってくれた善さんの日焼けした顔を見ていると、関根村から戻った日のことが思い出された。善さんは、風呂敷包みを喜十郎に手渡すと、名残惜しそうに何度も振り返りながら歩いてきた道を戻っていった。

今夜は、父が定宿としていた蕨宿に泊る予定にしていた。慣れない多希を伴った旅は予定していた時間よりはるかに遅れてしまい、蕨宿に到着した時はすでに町は夕闇に包まれていた。翌朝早く出発し、浅草に向かって中山道を南へと歩き続けた。荒川の橋を渡り、東京に近づくにつれて人通りも多くなり、街道の空気さえ変わるように感じられた。

喜十郎は明治九年、浅草栄久町《えいきゅうちょう》で商売を営んでいる青山源蔵の養子となり、商人としての新しい生活を始めていた。

小間物屋「青源」は、源蔵が一代で築いた小さな店だった。源蔵夫婦は跡取りに恵まれず、森田町で働いていた真面目で働き者の喜十郎を見初めて養子に迎えたのだった。喜十郎の気立ての良さや人当たりの良さが商売人に向いていると見込んでの養子縁組だったという。

「青源」は、小さい店舗だったが繁盛していた。経営は年々順調に推移し、多希の一人くらい面倒を見る経済的な余裕はあった。それに、「青源」は学校にも歩いて通える場所にあったので、喜十郎が事前に青山夫婦に頼み込んでくれていた。

浅草に入ると、人の流れは激増した。「青源」は、浅草の大通りから南に外れた裏道の角にあり、人通りの途切れた場所にあったが、店構えからは繁盛しているように見えた。表通りには土蔵造りの商店が軒をつらね、洋風建築がぽつぽつと人目をひくようにはなったが、それを取り囲んで裏長屋がひしめき合っていた。狭い路地に面して六〜八軒の長屋が並んでいて、路地には鉢植えの花が並べてあった。

「青源」は、長屋の一角に店を構え、二階は家族の住まいになっていた。

源蔵は、着物に角帯、前垂れに羽織を着た姿で店に出ていて、妻みねは夫の仕事を手伝いながら家庭を守っていた。青山夫婦の好意で、寄宿させてもらうことになったが返礼のつもりで、明日からでも店の手伝いを始めることを決めていた。

みねに案内された部屋は、こぢんまりとしていて風通しも良く、窓際には古い小さな机が置かれていた。そんな青山夫婦の心遣いに感謝しながら、東京での新しい生活が始まったのだった。

窓の障子を開けると町の賑わいが目の前に広がり、農村とちがい狭くて雑然としていながら、ここには自由な気兼ねのなさがあると思った。多希には、この小さな自分だけの城が誇らしく、窓を開けて顔を上げると思わず東京の空に向かって深呼吸した。

三

明治十年五月十五日、芝愛宕下《しばあたごした》の東京府病院内に設けられた東京府産婆教授所において、第一回の入学式が執り行われることになっていた。入学者は、当初予定していた三十人には満たなかったが、日本で初めての歴史的な産婆教育が開始されるのである。

翌朝早く目覚めると、外には物売りの声が響き渡り街の躍動感が伝わってきて、今東京にいるのだということが実感された。

初めて身につけた袴は、新しい門出に相応しく思えたが、一般の女性はまだ和服が多く袴は流行し始めたばかりで、主に女学生が愛用していて活動的で歩きやすいと好評だった。

入学式は粛々と執り行われ、長谷川泰《たい》校長の教示と来賓の祝辞が終わると、教科書が配られ授業の説明が行われたあと解散となった。浅草から愛宕下まではゆうに二里はあったが、長い道のりも苦にはならなかった。そして、翌日から本格的に授業が始まり、火曜日、木曜日、土曜日の三日間で、午後から行われた。

産婆教授所の修業年限は一年半と定められていた。六か月で一期の学期制を導入し、三期で終了とされた。授業時間は毎日二時間から三時間と規定され、新規産婆志願者と、さらに従来営業の者で講義を希望する者も加えて一斉授業が開始されたのである。

第一期には人体の解剖・女性の生殖器・正常妊娠・胎児の発育・妊婦の摂生法。

第二期には正常分娩・分娩時の産婆の業務・正常産褥と新生児の看護・異常妊娠。

第三期には異常分娩・異常産褥・産婆の業務と救急処置および法律と、学期ごとに明示され、正常から異常へ、そして理論から実地へと配列された。

また、教育方法を講義と模像を用いての学内実習と、妊婦につき専ら実際の処置を教授することが定められていた。校長には、東京府病院の長谷川泰院長が就任し、授業は、主に原桂仙《けいせん》先生によって行われることになっていた。

原先生は、信州の伊那沢渡《さわんど》藩士で蘭学者であった。松本良順、佐藤尚中に学び三十歳の時にドイツに留学し、ボン大学で婦人科産科を学び帰国後陸軍軍医となった。その後軍医を退き東京で産婦人科を開業し、その見聞や経験をもとに産婆教育に当たることになったのであった。ほかに教員として東京府病院の雇医の山崎玄脩《げんしゅう》、橋本信助らが教育を担うことになっていた。

これまで、産婆は取り上げ婆と呼ばれ、地域や個人によって非常な差があり、個別性の強いものだった。西洋の医師や漢方の医師あるいは産婆に師事したり、私塾や弟子入りして勉学するものがいる一方、見習いあるいは村の慣習に従う等、特別な教育がなされないことが多かった。このため、お産を巡る母子の死亡が多く、分娩に直接かかわる産婆の教育が喫緊の課題とされていたのである。

多希は、普通文書の読み書きのできる程度、という応募資格を満たしてはいたが、医療専門用語や医学書の解読には苦労していた。それでも、玉松堂で学んだ一年七か月がなかったら、このような道が開けることはなかったはずだ。今はただ、学問をさせてくれた両親への感謝の思いを強くするばかりだった。

浅草から愛宕下にある学校までは、歩いても一時間以上かかったうえ道路がまだ舗装されていなかったので、天気のいい日には土埃が舞い上がって歩くのも大変だった。特に雨の日は泥水でぬかるみ、歩くだけでも悲惨な状態になった。ほかに手段もなかったため苦に感じることはなかったが、生徒の中には、まだ珍しかった洋装で身を包み人力車で通学する人もいた。黒塗りの美しい人力車は、多希の歩いている脇を土煙を巻き上げて通り過ぎていった。

これまで庶民の交通手段は徒歩か駕籠に限られていたため、人力車は文明開化を象徴する乗り物だった。この頃、人力車は府内に一万台を超えるほどで、町にはたくさんの人力車が走っていたが、利用できたのは政治家や士族など、ごく一部の富裕層の人たちに限られていた。

学校へ向かう町の雑踏は、市民の生き生きとした生活が感じられて楽しく、学生として颯爽と歩く自分の姿が誇らしくもあった。多希にとってこれ以上の贅沢は必要なかった。

産婆教授所の第一回生には、様々な境遇の人たちが入学していた。元々産婆を生業としていた経験豊富な人や、多希と同じように読み書きができる程度の教育しか受けていない人、そして中には親の勧めに否応なしに入学させられたという士族の子女もいて、入学してまもなく縁談がまとまり退学する娘たちもいた。

生徒の間で貧富の差もあったが、身分の違いや貧富の差以上に深刻だったのは学識の差だった。すでに産婆としての経験を持ち、相当の知識や技術を持っている生徒もいた。

そんな第一回生には、上野国《こうずけのくに》群馬郡青梨村出身の津久井磯子《つくいいそこ》も在籍していた。磯子は、元水戸藩士の家に生まれ幼い頃から和漢学を学び、二十四歳で前橋の産科医津久井文譲と結婚し、夫を師として研鑽を積みすでに産婆として独立していたが、明治三年に夫を亡くし産婆として生計を支えていた。しかし、産婆が鑑札制となったため産婆教授所に入学したのだった。磯子は、文政十二年生まれで四十八歳になっていたが、すでに「産論」の専門書も読破していて、専門知識と経験に裏打ちされた的確な技術は、他の生徒とは別格とも言える存在だった。

学校での授業は西洋医学の講義が多く、読み書きができるというだけでは、難解な医学書を完全に理解することは難しかった。授業を終えて家に帰ると、復習と予習の繰り返しで時間は過ぎてゆき、熱中するあまりに時の過ぎるのに気づかないこともあった。時には浅草寺の明け六つの鐘の音に顔を上げて、東の空が白み始めていて朝の澄んだ空気を切り裂くような物売りの声に、ようやく夜が明けたのに気づくこともあった。

そんな状態だったので「青源」の手伝いができるのは、週にせいぜい二日程度しかなかった。それでも青山夫婦は、多希の熱心な勉強ぶりに感心し、黙って見守ってくれていた。

父が工面してくれたお金は、いくら倹約しても参考書や文房具、食費などの支払いに消えてゆき、あとは喜十郎の支援が頼りの苦しいもので、授業料の支払いが免除されていることだけが学校生活を支えていたといっても過言ではなかった。

授業を担当していた倉島先生は、他の生徒たちとは違う多希の境遇に気づいて、購入をためらっていた高額な参考書を貸してくれるなど何かと援助を惜しまなかった。多希は、そんな貧しい学生生活であっても、誰よりも感謝し満足していた。

「倉島先生、西洋医学は難しいけれど素晴らしいですね」

「そうだね。分娩の知識や技術だけなく、医学の基礎を学ぶことも大事だよ」

「はい」

多希は、手に持っていた参考書を、しっかり胸に抱きしめた。

「先週の救急処置の授業はとても勉強になりました。もっと早くこの知識を取り入れていれば、これまでどれほど多くの命を救うことができたことかと思いました」

「長谷川先生も、より多くの母子の命を救いたいと考えて、この学校の設立を急いだのだろうねえ。西洋医学の知識を持った有資格者を、一日も早く育成することが、お産の事故を防ぐ一番の近道だし、それを着実に進めることが私たちの使命だと思っているよ」

「免状をいただいたら産婆として働きたいと思っています」

「みんな藤村さんのような生徒ばかりだといいんだけれどねえ。免状を嫁入り道具のひとつくらいに考えて、娘を入学させた親もいるみたいだから」

先生は小さくため息をついた。まだ、女性が職業を持つことに反対している人が多く、女性の社会進出を阻む厚い壁となっていたのだ。卒業生全員が産婆として活躍することを期待していた先生は落胆を隠さなかった。

第一期の授業が終わる頃になると、生徒の中でも同じ埼玉県出身の東條ヤスとは私的な会話もかわすような仲になっていた。ヤスは二歳年上の多希を姉のように慕い、生涯を通して友となっていった。

第二期の授業が開始される頃には夏が過ぎ、街には初秋の風が吹き始めていた。授業が早く終わった日などは、二人で学校の近くにある愛宕山に足を向けることもあった。

愛宕神社の参道の入り口にある大きな赤い鳥居をくぐると、正面には急な階段の男坂、右手には女坂と呼ばれている緩やかに曲った階段があった。

「こっちが男坂ね」

「こんな急な石段を馬で駆け上がったって、ほんとうかしら？」

男坂は故事から出世の階段とも呼ばれていて、急傾斜の階段は怖いほどだった。二人は出世の階段を目の前にして足がすくんだ。ゆるやかな女坂を上り始めたが、それでも階段の半ばまで行くと息が上がった。坂を上がり切って振り向くと、足元に東京府病院の屋根が見えた。

一の鳥居をくぐったところには茶店が軒を連ね、くつろぎながら眺望を楽しむことができると評判になっていて、休日には市民がこぞって出かけて賑わっていた。特にさくらの季節には見物人であふれ、学生たちも大勢でさくら見物に出かけた。ほおずき市と羽子板市は、浅草の市の先駆けとしても知られていた。山頂には、江戸火伏せの神として祀られた愛宕神社が鎮座していた。

山頂までくると、すばらしい見晴らしが日々の苦労を忘れさせ、日頃の喧噪から解き放たれるような安らぎを感じることができた。東方に向かうと、浜離宮の森の緑が鮮やかに見え、さらに遠くには東京湾を望むことができた。

参拝を済ませて境内に置かれた椅子に座り、一息つくとヤスは静かに語り始めた。

東條ヤスは、武州川越宿の名家の出身だが、十五の時にはすでに両親を亡くしていた。長兄が家を継ぐとヤスの環境は一変し、通っていた寺子屋をやめさせられた。十六歳になるとすぐに、兄夫婦が決めてきた縁談を受けて嫁いだが、三年経っても子どもに恵まれず、これを理由に嫁いで四年目には離縁されて実家に戻されたのだった。実家に帰ったものの、兄夫婦にとって出戻りの妹は悩みの種だったのだろう。戻ってから半年もしないうちに、兄は妹の再婚話を纏めてきたのだった。

「兄さんは私に何の話もなく、勝手に再婚を決めてきたのよ。まるで、いらなくなったものを誰かにポンってあげちゃうみたいに。私のためだと言いながら厄介払いしたかったんでしょう」

ヤスは、しばらくの間感情を吐き出すと椅子から立ち上がり、海の見える方を向いて両手を広げて大きく呼吸した。そして、冷静さを取り戻したかのように言葉を続けた。

「でも、今はかえって良かったと思っているの。子どもができなかったことも、離縁されたことも。だって子どもができていたら、きっとあのまま家という檻に閉じ込められて生涯を過ごしていたかも知れないじゃない？　そうしたら子どものために一生我慢しなければならなかったもの。自分は何のために生まれてきたんだろうって、誰かを恨んでいたかも知れない。でも、おかげでこうして東京にも出てこられたし、勉強することもできた。だから今は誰も恨んでいないわ。むしろ感謝しているくらいよ」

いつもの明るいヤスに戻ると、いたずらっぽく微笑んだ。

「だから私、もう川越には戻れないの。一生懸命勉強して産婆の免状をもらったら、一人でりっぱに生きてやるわ」

「ええ」

「ねえ多希さん。女、三界に家なしっていう言葉あるでしょう？」

「女にはどこにも安住の地はないっていうことでしょう？　それに、三従っていう言葉もあるわね。家にあっては父に従い、嫁しては夫に従い、夫の死後は子に従うっていう」

この儒教の教えは、女子教育の主軸でもあった。それは、祖母から母へ、母から娘へと引き継がれていた。

「わたし、女に生まれて損しちゃった。だって、いつも男の意のままに生きなければいけないってことでしょう？」

ヤスは、唇をとがらせた。

「女は、この世に安住の地がないというなら、自分でそういう場所を作ればいいのよ」

「自分の場所？」

「そう。一生安心して暮らせる場所よ。誰にも邪魔にされないで、誰にも盗られることのない自分だけの場所」

多希も、ヤスと同じように帰る家のない境遇だった。だからこそ、産婆の免許は嫁入り道具の一つではなく、女が一人で生きていくための手段として必要なものだった。

「入学式の時、長谷川先生が言ったこと覚えてる？」

「ええ」

ヤスは、立ち上がって背筋を伸ばすと「えへん」、ひとつ咳ばらいをして顎髭を撫でる仕草をした。

「これからの社会は、女も男も平等である。諸君たちも、責任ある社会の一員として広く学び、大いに社会に貢献されることを望むものである」

多希は思わず立ち上がって拍手すると、二人は顔を見合わせ声をあげて笑った。

「先生は、済生救民という言葉を一番大事にしているんですって」

「広く民衆を救うっていう意味でしょう？」

「ええ。先生は、貧しい者が病になっても医者にかかれない世の中はおかしい、って言っていたんだって。医学生には、弱い人に味方をする医者になりなさいって教えているそうよ。それに、先生は越後の出身だから、良寛和尚の憐みの心という教えに影響を受けたらしい」

「良寛様って、清貧の思想を貫いた人でしょう？」

「行いが清らかで、私欲がなくて、そのために貧しく暮らしていたって」

「そうか。長谷川先生らしいねえ」

二人は、青く澄みわたった東京の空を見上げながら、遠い未来に思いを馳せていた。

第一期の授業が無事に終了し、第二期の授業が始まったばかりの頃に、屈巣村の兄喜八から喜十郎あてに手紙が届いた。父表内が一週間前に亡くなった、という知らせだった。すでに初七日を済ませたということだったが、父は病床で、「多希に知らせるな」と話していたために知らせるのを躊躇し連絡が遅れてしまったという。父は、多希に授業を中断させることが資格取得に影響を与えるのではないか、と考えていたのかも知れない。

学期中の多希にとって、たとえ一日であっても授業を欠席することは致命的なことに思えた。もしも屈巣村まで往復するとなると最低でも四日はかかってしまうことになり、それだけ勉学が遅れ理解が難しくなって、授業についていけなくなる恐れがあったのだ。

多希は悩んだ末、父の判断を有難く受け止めるべきだという喜十郎の意見に従って授業を優先し、帰郷を諦めることにしたのだった。

喜十郎は、知らせを受けてすぐに屈巣村へと向かった。

五日後、帰宅した喜十郎は、二階に上がってきて窓を背にしてもたれかかると、おもむろに語り始めた。

「父さん、安らかな最期だったらしい」

「そう。母さんも父さんも、いなくなっちゃったね」

「いずれこんな日が来ることは分かっていたけれど、いざ亡くなってみると寂しいものだね。孝行したい時に親はなしっていうけど、本当だな」

喜十郎は、涙ぐむ多希の肩にそっと手を置いた。

「久しぶりに実家に帰ったけれど、早く東京に帰りたくなった。ここは自分の居場所ではないってつくづく思ったよ。もう自分の居る場所はここしかないんだって。東京に帰ってきたら不思議と心が落ち着いた。東京に来たばかりの頃は故郷に帰りたくて、夜になると布団の中で隠れて泣いたものだよ」

喜十郎は、少し照れくさそうな笑みを浮かべた。

明治十一年十月末に、多希は東京府産婆教授所の産婆養成課程を修了した。そして、翌月に実施された試験の合格発表が掲示板に張り出された。ヤスと二人で高鳴る胸の鼓動を押えながら掲示板を覗き込み、その中に自分たちの名前を見つけた。

「良かったあ。努力が報われたね」

ヤスは、喜びを噛みしめるように握りしめた両手を胸に当てて、掲示板の合格発表を見つめていた。

「私、親切で優しくて、みんなに感謝されるような産婆になる」

「長谷川先生は、小さな命を守ることが産婆の使命だって言ってたわね。それに産婆という仕事に誇りを持ちなさいって」

すべての人々を分け隔てなく助けなさい、という送別の言葉は卒業生の一人一人の胸に強く響いていた。

実際に免状を手にすると、東京に来てからの苦労も一瞬にして吹き飛んでしまったようだった。そして何より、父との約束を果たすことができたのが嬉しかった。

西洋医学の習得は並大抵なことではなく、卒業まで至った者は入学時の半数近くに減少していた。それなりの覚悟のない者は落伍し、ほかの多くの学生は縁談が決まると同時に躊躇なく退学していった。資格を取得した者たちは、実地修練を終えるとすぐに故郷に帰って開業する者もいたが、一方では結婚準備のための花嫁修業を始める者などもいて、各々の進みゆく路は分かれていった。

資格を取得できたからといって、すぐに開業できる者はほんのわずかだった。多希は屈巣村には帰らず、東京の産婦人科医院で実地修練を重ねて技術を磨くことに決めていた。しかし、東京に知り合いも少なく免状を取ったばかりの新米では、実地修練も兼ねて雇ってくれるような医院は見つからず、それでも屈巣村に帰る気にもなれないまま「青源」の居候として新年を迎えていた。

明治時代も中期にさしかかった十二年。政府は国の政策を大きく転換し、自由民権運動も弾圧の方向へ向いていた。

「学制」は廃止され、新たに「教育令」が制定された。これは、学校が乱立して教育システムが混沌としていた当時の教育界を、国家が一元的に管理するための法令だった。全国の学校と名の付く教育機関を「小学校、中学校、大学校、師範学校、専門学校、その他」というように明確に区分けして、それぞれの教育内容を義務化したのである。学校と名乗る以上、経営者や教師の独断で勝手なことは教えられなくなった。

女子教育に決定的だったのは「男女共学の禁止」だった。これは、実質「男が受ける高度な教育を、女は受けなくてもよい」ということに値するものだった。

女は夫に仕えて家庭を守り、子どもに良き教育を施すための技能や教養を身に付けるべきというのである。この方針にもとづき小学校には女子のため裁縫科が置かれた。

強い国家をつくるためには、それにふさわしい国民を育てなければならない。そのためには、母となる女子の教育が大切であるとする良妻賢母教育が強調されたのだった。それは女が自分のために学問を身に付け、自立するための法令とは言えないものだった。学問をするのは男女平等とする思想からではなく、女性の向学心や知識欲のためでもなく、子どもを養育する母親として、最低限の学問が必要だと言っているに等しかった。

長かった武士社会の身分制度が崩壊し、ようやく男女平等の機運が高まり女性の向学心が受け入れられる社会になったと考えられていたが、女子教育を子育ての手段として見ているようにしか思えなかった。薩長らの元侍たちが中枢を担っていた明治政府の人間たちの本音の部分には、男尊女卑の強い観念が根深く残っていたのである。

これは、女子教育が明治初期よりも明らかに後退した、あるいは時代に逆行したものだと、進歩的な女性たちの間で強い反発を生じさせていた。

「薩長の連中は、新しい世の中を作るなんて言いながら、女は蚊帳《かや》の外に出そうとしているのよ。女は、妻と母以外の存在にはなれないってことでしょう？　妻にも母親にもなれない女はどうしたらいいっていうのかしら」

ヤスの憤りは当然だった。男女平等の時代になれば、学問で身を立てる女性も増えると思っていたが、これまで以上に女を男の従属物のようにした教育令に落胆していた。

富国強兵を国是とする明治政府は、女を男に従属させておいた方が都合が良いと判断したのに違いなかった。政府の政策は、江戸時代の武家階級に根付いていた儒教倫理が、簡単に拭い去れるものではないということを証明しているようなものだった。

四

明治十二（一八七九）年五月、産婆教授所の紹介を受けて本郷湯島の牛田産婆院で、将来の開業に備えて産婆の修業を積むことにした。

住み込みの産婆見習いとしての生活は、予想していた以上に厳しいものだった。最初の一年間は、午前四時に起きて炊事、洗濯、掃除などの家事一切を任され、助産に関わることはさせてもらえなかった。牛田産婆は、弟子たちに玄関に近い場所で就寝するよう指示した。それは、妊婦の家族が深夜に呼びに来ることがあっても、すぐに師匠を起こして助産の準備ができるようにするためだったが、ゆっくり眠ることもできない日々が何日も続くこともあった。厳しさに耐え切れなくなってやめていく人がいる中で、歯を食いしばって頑張った。そして、二年目を迎える頃になって、ようやく助産に同行することが許されたのだった。

多希が住み込みで働くようになってから二年後の明治十四年一月、東京は大火災に見舞われた。神田松枝町から出火した火災が、北西の風にあおられて神田、日本橋をなめつくし、さらに墨田川を越えて本所、深川方面にまで燃え広がった。火は湯島まで広がらなかったので牛田産婆院は類焼をまぬがれたが、この時の焼失家屋は一万戸以上に達し「両国の大火」と呼ばれる明治最大の火災となった。翌二月には、東京府知事の松田道之によって「東京防火令」がしかれ、銀座から日本橋までの通りに面した商家は、半数以上が土蔵造りとなったのだった。

明治十五年に、新橋、浅草間に開通した鉄道馬車は、浅草を訪れる人々を急増させ、芝居小屋や見世物小屋、すし屋や蕎麦屋などの飲食店が立ち並び繁華街として繁栄の一途をたどっていた。

多希は牛田産婆院での修業が終わると、新たに産婦人科を標榜する木本医院で産婆として本格的に働き始め、すでに五年目を迎えていた。産婆としての給金も入るようになり、何とか経済的にも自立できるようになっていた。これを契機に、木本医院の近くに部屋を借りて、浅草の「青源」から引っ越したのは、その年の四月だった。引っ越しと言っても大した荷物もなく、学生時代に使っていた教科書と古ぼけた小さな机ひとつだけだった。初めて東京に出てきてから六年余りを過ごした「青源」の二階の部屋は、これまでの生活を支えてくれた大切な思い出の場所となった。

多希は、産婆として自立したことを報告するために、長らく遠のいていた屈巣村に帰郷し父母の墓参りをすることを思いついた。振り返れば、喜十郎に連れられて屈巣村を旅立ってからすでに六年が経ち、今年の冬には三十歳という節目を迎えようとしていた。

明治十六年七月二十八日に、日本鉄道第一期線（現在の高崎線）の上野～熊谷間六十一・二キロメートルの営業が開始されていた。上野から鴻巣までは、これまで徒歩で丸二日、人力車でも一日かかっていたものが、わずか二時間ちかくで行くことができるようになった。そして、来年の五月には、さらに高崎まで延伸して開通する予定だという。鉄道開業を知らせる当時の新聞は「汽車の総体の用材は、汽車のバネのみ外国製を用いているが、そのほかは鋼鉄の軌道より客室の装飾に至るまですべて国内の物品で賄われている。これは我が国工業の進歩を証明するもので、日本人としてよろこばしいことだ」と誇らしげにその感動を伝えていた。これまでは人材も資材も外国依存だったからであった。

上野—熊谷間は一日二往復していて、下りは上野発午前六時と午後一時三十分だった。午前六時の汽車に乗れば、八時頃には鴻巣駅に到着することができる。墓参りしても、帰りの午後五時五分の汽車に間に合う計算だ。上野駅には午後六時五十四分には着くので、なんとか日帰りでも行ってこられそうだった。

蒸し暑かった夏も過ぎて風が涼しく感じられるようになった頃、わずか一日の里帰りが実現した。両親もすでに亡く寂しい故郷だったが、父の葬式にも出られなかった不義理を兄夫婦に詫びる旅でもあった。

上野駅は、まだ仮駅舎のまま営業を始めていた。早朝の上野駅には鉄道を利用する人々が集まり始めていて、静かな中にも活気にあふれていた。駅前広場には辻車の溜まりがあって、ハッピに股引、まんじゅう笠にわらじがけといった格好の人力車夫が大勢たむろしていた。切符売り場の前には、六時発の汽車を待つ人々が並んでいた。

ようやく切符を手にしてプラットホームに到着し、停車していた汽車に乗り込んだ。始発の乗客は少なかったが、発車の時刻が迫ってくると座席は徐々に埋まっていった。それでもまだ空席が目立っていた。

旅客運賃は、下等、上等、特等の三等級あり、鴻巣までの特等料金は一円五十銭で、上等は九十二銭、下等車料金でも四十六銭かかった。この頃、米一升が三銭八厘で買えたことを考えれば、一般庶民が自由に利用するまでに至っていなかったのも当然だった。

多希は、初めての鉄道の旅を楽しみにしていた。産婆の給金はまだ少額だったが慎ましく暮らしていたので、誰にも気兼ねなく自由に使えるだけの蓄えはあった。それでも、上等車は贅沢に思えたので下等車にして、窓口で切符代の四十六銭を支払った。

鴻巣までの汽車の旅は、これまでのことを考えると実に呆気ないものだった。汽車が上野駅を出発し荒川を越えると、窓外にはのどかな田園風景が広がりを見せ、一瞬のうちに空気が変わったように思えた。窓の外を流れる景色は緑に染まり、遠い山並みの美しさに心を奪われながら、故郷を旅立ってからの六年という歳月に思いを馳せていた。何もかもが輝いて見えた、あの頃の自分を懐かしく思い出していた。

木造の真新しい鴻巣の停車場は、思いのほか簡素なものだった。小さい停車場は瓦屋根で覆われ、ペンキの色気もない蔀板《しとみいた》は焼杉などを用いていかにも簡略だったが、それがかえって雅な雰囲気を醸し出していた。しかし、かつての中山道鴻巣宿は変わりつつあった。賑わいを見せていた街道は以前よりも人通りも少なく、店じまいをしている旅籠もあった。宿泊する旅行客は減少し、そのための店や施設が減り始め、町は徐々に衰退しているように見えた。鉄道開通以前、中山道を利用していた貨物、運搬、旅客の移動手段は鉄道に移行し、街道交通に依存していた人々の生活基盤は劇的に失われていったのだった。

屈巣村の実家は、時間の流れに取り残されてしまっているかのように、何も変わっていなかった。でも、変わっていないことが、かえって昔の辛い出来事を思い出させた。

庭の樫の木も、裏山のヒノキの大木もお稲荷さまも同じ場所にひっそりと佇んでいた。郷蔵は、今は物置として使っていたが、美しかった白壁は薄汚れて所々欠け始めていた。

「お帰り。多希、久しぶりだなあ」

兄喜八は、日焼けした顔をほころばせて再会を喜んでくれた。

「長いこと不義理をしてごめんなさい」

「いいや。喜十郎から話は聞いていたよ。女が社会で働くのは大変なことだ」

多希は、仏壇の中央に置かれた真新しい父の位牌を見ていた。

髪に白いものが混じり、今は姑になっていた義姉こふは、相変わらず家の中を取り仕切っていた。二年前に結婚した甥の久太郎の傍には、昔の多希と同じように嫁というにはまだ幼く、あどけない娘が座っていた。

多希は、風呂敷包みを広げた。産婆として働いて得た給金を貯金し、上京する時に用立ててもらっていたお金を兄に返済するために持参していたのだ。

「ようやくお返しできるようになりました」

多希は、茶色の封筒を兄の前に差し出した。

「いいんだよ、多希が持っていなさい」

「そうよ。まだ、これから必要になる時が来るから」

義姉も受け取るのを拒んだが、これまで親身になって文句も言わず支えてくれた兄夫婦に恩返しをしたかった。

「それじゃあ、多希が屈巣村に帰ってきて産婆院を開業する日まで預かっておくよ」

喜八は、渡された封筒を遠慮がちに受け取ると、大事そうに仏壇に上げて手を合わせた。

明治二年に名主制度が廃止され、新たな戸長制度が発足していたが、この年の戸長には同じ地域の旧家の当主が選ばれていた。

兄喜八は、明治十二年に屈巣村議会議員に当選し、村の衛生委員も務めるなど活躍していて、名家藤村家の名誉は守られていた。しかし、鴻巣宿の商人の養子になり、しばらく疎遠になっていた喜内が病に倒れたという知らせがあり、喜内の家族から生活の援助の要請を受けていたことから、藤村家が所有する田畑の一部を、喜内の息子に譲渡することを決めていた。

様々な事情から藤村家の所有する田畑は、父表内が健在だった頃のおよそ半分近くにまで減少していることを喜十郎からも聞かされていた。五人いた使用人は二人になり白壁の修繕もされていないところを見ると、喜十郎の話していたように、藤村家の経済状態は以前に比べると好調のようには見えなかった。

両親の墓参りを済ませると、兄夫婦が引き留めるのも辞退して午後の汽車の時間に合わせ、慌ただしく屈巣村を出発したのだった。

東京に当たり前にある自由と活気は、やはりここにはなかった。そう思いながら日帰りの帰郷が正しかったことを寂しく感じていた。時の流れは誰も止めることはできない。いつまでも変わらない懐かしい故郷は心の中だけにあるのかも知れない。汽車の揺れに身を任せながら、窓外の美しい田園風景が滲んで見えた。


明治十七（一八八四）年九月、荻野吟子《おぎのぎんこ》が、女性の医術開業試験合格第一号となったことが新聞や雑誌などで大々的に報じられていた。ヤスは、興奮した様子で多希に新聞を差し出した。

「やったわね。女だって医者になれるのよ。それに荻野吟子は埼玉県の出身だって」

新聞報道によると、吟子は嘉永四（一八五一）年生まれで、年齢も多希と二歳しか違わなかった。

当時、女が医者になるなど誰も想像もできないことだった。医者だけではない。女に開かれている職業は少なく、永らく人々の間に培われてきた儒教という思想は根深く植え込まれ、女性の進む道を阻む厚い壁となっていたのだった。

荻野吟子は、女性にとって前例のない生き方を自ら切り拓いたのであり、女医が初めて社会的に認知された革命であった。

明治十九年になると、荻野吟子に次いで日本で二番目となる、女医生沢クノが誕生した。女性の目覚ましい躍進だった。

生沢クノの父良安は、当時では珍しい蘭医であり、武蔵国榛沢《はんざわ》郡深谷宿で開業していた。

クノは、明治十六年に東京府に提出した医学試験請願書を、女性に前例がないことを理由に却下されたが、明治十七年に制度が改正されたことで、日本で二番目の女医師となったのだった。

「女が次々に医者になるなんて、ひと昔前は考えられなかった。ほんとうに新しい世の中になったんだね」

ヤスは、瞳を潤ませた。

荻野吟子も生沢クノも、社会の現状を覆すためにどれほどの苦難を味わっただろうか。

武家社会の時代から固定されてきた揺るぎない女性に対する観念が、容易に変えることはできないということは想像に難くない。女性差別の厚い壁を切り崩した二人は、後に続く女性たちの希望であり、大きな目標となったのだった。

女医荻野吟子が、本郷湯島に産婦人科荻野医院を開業したのは明治十八年五月だった。開業の報道は新聞の紙面をにぎわせていた。湯島には医院が軒を並べ、医療の町とも言われていた。吟子はその一画に待望の産婦人科医院を開業したのだった。

吟子を尊敬して止まない二人は、開院したばかりの荻野医院を見に行ってみた。荻野医院は、御成街道へ通じる通りから少し入り、想像以上にこぢんまりした平屋の小さな医院だったが、どこか気品にあふれた雰囲気が感じられた。地味で小さな医院が、かえって婦人科の患者には入りやすいと好評だった。玄関には「産婦人科　荻野医院」の看板が誇らしげに掲げられていて、看板の下の方には小さく「婦人科、小児科、外科」と書かれていた。日本初の女医が開業した医院の患者数は、日に日に増加し、好調に滑り出しているようだった。

開院の時刻は九時だったが、すでに数人が門前で列をなして門が開くのを待っていた。女たちはみな人目を避けるように道路を背にして立っていた。門が開くと中から細身の女性が現れ、患者たちを医院の中へと招き入れた。女性は着物の上に黒の被布《ひふ》をつけた格好で、凛々しく品のある美しい人だった。その人は、外に立っている二人に声をかけてきた。

「あなたたちも患者さん?」

女性は荻野吟子本人だった。この時すでに三十四歳になっていたが、小柄な吟子は年齢よりも若々しく清楚で、嫁入り前の娘のように見えた。色白の顔と引き締まった口元は意志の強さを表しているようだった。ヤスは、目を見張るようにじっと吟子を見つめると、勇気を振り絞って医院の見学をお願いした。

「見学するほど広くはないのよ」

吟子は、そう謙遜しながらも二人を中に招き入れてくれた。促されるまま中に入ると、ドアで区切られた部屋が二間続きになっていた。玄関、六畳の患者控室と八畳間の診察室があり、一般の医院と比べると狭く小さかったが、女医者らしく落ち着いた雰囲気が患者に安心感を与えているようだった。

「これからは女性も安心して受診できます」

ヤスの言葉に、吟子は柔らかい笑みを浮かべていた。

帰り道、二人は満ち足りた気持ちで本郷通りを歩いた。

「女医者なんて、どうせ長くは続かないって言う人がいるらしいわ」

ヤスは憤って唇を尖らせた。まだ女医への風当たりは強かった。

「男も女も能力次第ではないかしら」

「そうよ。男にできて女にできないことはないよね」

ヤスは、吟子に会えた興奮を押えながら胸を張って歩いた。

「私、吟子先生のような医者にはなれないけれど、産婆として一人前になったら開業するつもりよ。そしたら多希さんも一緒にやれたらいいね」

将来の夢を語り合った二人だったが、開業するには経済的な問題をはじめとして様々な困難が立ちはだかっていることを理解していた。

吟子は、自力で様々な苦難を乗り越えて医師という地位を獲得したが、経済的な支援を得られたことなど、幸運に恵まれていたことも事実だった。しかし、たとえ才能があっても、こうした幸運に恵まれない女性の方がはるかに多いのが現実だった。

荻野吟子が、男でも容易に通れない医師開業試験という難関を突破したことを称賛する意見がある一方で、新聞紙上では「女は医者に適しているのか否か」という論議がさかんに行われていた。その大半は「女は医者に適していない」というものだった。男にとって都合の良い倫理的な考えを覆すには、医師の適性に男女差はないということを実績として証明する以外にないことは、吟子自身がもっとも認識していたに違いない。

こうした論議が行われているなかでも荻野医院は、気さくで女性らしい懇切丁寧な診察が評判を呼んでいた。吟子は、これまで雲の上の存在だった医者に対するイメージも変えていった。荻野医院には、女性の患者だけでなく吟子の名声を聞きつけて、次第に男性の患者も来院するようになり、ますます評判は高まっていた。

五

明治二十（一八八七）年。産婆として働き始めてから八年が過ぎ、産婆として働く日々に満足していた。これが自分に与えられた天職のように思えるようになっていたのだった。四月になって、木本医院を訪れた倉島先生から沖縄派遣の話が持ち上がったことは、充実した日々を過ごしていた多希にとって青天の霹靂とでもいうべき大事件だった。

内務省は沖縄改革の推進のため、産婆の資格を持ち技術と経験のある人物を沖縄に派遣すべく、産婆教授所にも人材の推薦を依頼してきていたのだった。倉島先生は、卒業生のうち数人に目星をつけて連絡をしていたが、派遣先が遠隔地でもあり受けてくれる人もなく困惑していた。若い独身の女性は縁談を理由にし、既婚者は家族の了解が得られないことを理由に断ってきたという。多希は産婆として十分な経験もあり、年齢的にも適任だと判断したのも理解できた。

「沖縄は船で行っても何週間もかかるし、一度行ったらなかなか帰ってはこられない。風土病もあるから何が起こるか分からない不安もある。だから、本人が納得しても家族が反対するなら、勧めるつもりはありません」

倉島先生は、家族の反対に屈した教え子たちの立場に理解を示していた。そして、沖縄の医療改革の必要性について熱く語る一方で、想像される現地での不安も話してくれた。

「医療は、本土に比べて二十年くらいは遅れているかも知れません。二年前に沖縄県で初めての病院が設置されて、医師養成のための師範学校が開設されたと聞いています。女子の初等教育もまだ始まったばかりだということですから」

「先生、私に務まるでしょうか?」

「あなたは、西洋医学を学んでいるだけでなく産婆としても十分な知識と経験を持っている。きっと沖縄の悲惨な母子の現状を変えられると思いますよ」

多希は、沖縄の医療の実情を知る倉島先生の、医療改革への熱意に心打たれていた。そして、貧しかった学生時代の自分を支えてくれた恩師に、少しでも報いたい気持ちもあったが、それを考慮しても沖縄は遠い外国のように感じられた。

内務省は、沖縄での産婆としての報酬を月額十五円と決定していた。それは、女性に支払われる報酬としては破格ともいえる金額だった。当時の屈巣村の戸長の給料が、月額五円ということから考えても、政府がいかに医療従事者の人材を欲していたかが窺えるものだった。

沖縄にとって近代化の始まりは明治十二年だったといわれている。廃藩置県に至っては、本土に遅れること八年、琉球藩を廃して沖縄県を設置した。

「琉球処分案」を提言した松田道之処分官は、「最も困難なのは住民に文字を知る人が少なく言葉が通じないので、文字を知る士族以上の者を媒介しなければならないことだ」と、施政に当たって言語の問題を危惧している。この処分案を受けて、政府は沖縄における教育の推進と産業の振興に力を入れていた。そして、沖縄の日本化のために言語や風俗を日本本土と同一にすること、いわゆる風俗改良が施政上最も急務として学校の設立を進めていた。

明治十三年には那覇に教員養成機関として師範学校を新設し、同十五年には小学校が五十三校に達していた。そして同十八年には男女共学を実現させた。これは沖縄女性の幾千年かにわたる無知の世界からの解放だった。

喜十郎から何度か縁談を勧められたこともあり、その度仕事を理由に断ってきたが、それは結婚に対する疑問からだった。結婚をして子どもを産むことが女の幸せ、という価値観に納得できなくなっていたからだが、生涯一人で生きてゆくという自信も持てずにいた。でも今は、人から信頼され必要とされていることに満足し、産婆という仕事がそんな心の葛藤から救ってくれていた。

「多希はどうしたいんだい？」

「私が産婆の免状をいただけたのは、たくさんの人たちに助けてもらったおかげだと思っている。だから、私の経験と知識が求められているなら、その恩返しのつもりでやってみたいと思う」

「自分が思うとおりにやってみなさい。人生は一度だけだ」

ずっと自分を暖かく見守っていてくれた喜十郎の言葉は力強く心に響いた。

「多希が国のお役に立つなんて、父さんたちもきっと喜んでくれていると思うよ」

多希も、すでに三十四歳になっていた。自分に何かできるとしたら、今という時を逃すと永遠にできなくなってしまうかも知れないという思いもあった。そして、最後は喜十郎に背中を押されるように沖縄行きを決心したのだった。

訪ねてきた倉島先生に、沖縄派遣を承諾することを伝えた。

「それが、産婆の資格をいただいた恩返しのつもりで行くことを決めました」

「私も、医者として働かせてもらっている者の使命と思って、内務省からの依頼を引き受けたのですが、女性を一人で行かせることには責任を感じていました。でも、沖縄の医療改善は急務です。沖縄に西洋医学を学んだ人はまだいませんから、多くの女性がお産で命を落としている厳しい状況にあると聞いています」

倉島先生は、この決断を歓迎しながらも、沖縄着任後には多くの困難が待ち受けていることを知っていた。

「沖縄では予想できないこともあると思いますが、藤村さんの強い意志と覚悟があれば乗り越えられるでしょう」

倉島先生はようやく安堵した様子で頭を下げた。

沖縄への航海は、少なくとも二週間はかかる見通しだったが、天候によって寄港先が増えれば日数はさらに延びる可能性があり、海が荒れると厳しい船旅になることが予想されていた。勤務先となるのは沖縄県医院の首里分局だが、まだ設置されたばかりで職員数も少なく那覇からさらに一里近くも奥地に位置しているということだった。

「なぜ沖縄なんかに?」

ヤスは納得がいかない様子で多希に問いかけた。

「誰かが行かないといけないのよ」

「だからって多希さんが行かなくても……」

ヤスはこの話を聞いて、何とか引き留めようと説得するために来たのだった。

「沖縄へ赴任することをみんなは、島流しって言っているのよ」

遠い島である沖縄を敬遠するのは当然だった。

「沖縄にはまだ西洋医学を学んだ産婆はいないそうよ。だから呪術や迷信を信じて適切な手当てを受けられずに命を落とす妊産婦がたくさんいるらしい。沖縄の女性たちが安心して子供を産めるような環境を作るための役に立てるなら産婆として嬉しいことよ」

沖縄行きを決心したもう一つの理由は、荻野吟子の存在があった。吟子の姿は女性たちに勇気を与え、女も自ら行動すべきだということを教えているような気がしていた。自分も、この時代に生まれた者として、与えられた役割があるのではないかと思えるのだった。


決心すると同時に、出発の準備に取り掛からなければならなかった。着替えの着物数枚と医学書を纏めると旅支度は簡単に済んでしまったが、知人や勤め先への挨拶回りや、内務省の手続き、派遣の説明会への出席などで出発の直前まで多忙を極めていた。

内務省の説明によると、昨年沖縄は天候不順で旱魃《かんばつ》などの自然災害が続いた年であったという。三回の暴風雨で県下の諸作物の損害は大きく、特に庶民の常食であるサツマイモは、ほとんど収穫がない凶作で、食料が欠乏し救助を願い出る者が後を絶たない状態だった。特に首里地区は無禄士族が多く、生活が苦しいところにコレラ、天然痘が流行し困窮を極めたが、政府のあらゆる救援策によって今は鎮静化しているということだった。しかし、政府が進めている沖縄の日本化、すなわち風俗改良については、県民の反発もあると聞いていたが、このことに関して詳しい説明はなかった。

出発を間近に控えた頃、ヤスは名残惜しそうな表情で部屋を訪ねてきた。

「やっぱり行ってしまうのね。出発はいつなの？」

「明後日よ」

「東京にいれば、仕事もあって安心して暮らせるのにねえ」

ヤスは、窓を開けて外の景色をぼんやり眺めていた。

「明日は七夕ね。今年の夏は寂しくなるわ」

ヤスの言葉に、時の流れの速さが実感された。

いつの間にか梅雨が明け、夏至が過ぎて本格的な夏が近づいていた。

「去年は、深川の水かけ祭りに行ったわね」

ヤスは、懐かしそうな眼をして古ぼけた机に頬杖をついた。

「ええ。永代橋ではぐれそうになってしまって。あれからもう一年経ってしまったのね」

しばらく思い出話に花を咲かせた後、ヤスは真顔になった。

「実は私ね、九月から産婆養成所の授業を担当することになったの」

ヤスは、養成所の講師として週二回教壇に立つことになったのだという。今年の春から依頼されていたが、人に教えることに自信が持てず答えを渋っていたのだった。

「産婆として働きながらなので忙しくなるわ」

「最近、私立の産婆養成所が増えたらしいわね。まだ資格のある産婆は少ないし、田舎ではお産の事故もまだ多いらしいから人材の育成って大切なことよ」

「私も、人の役に立つ仕事がしたいと思ってね。入学式の時、長谷川先生も言ってたね。社会に貢献できるような女性になれって。それに、人に必要とされているって幸せなことなんだなあって思えた。昔は世の中を恨んだり、なんで女になんかに生まれてきちゃったんだろうって泣いたこともあった。子どもが産めなければ女として失格なんだって。でも今は、これが自分の生き方だって思えるようになったの」

自分の人生も、振り返れば苦難の連続だった。十六歳で結婚し、流産。そして十九歳での離婚。それでも、もう一度勉強する機会が与えられ人生をやり直すことができた。目標としていた産婆の資格も取り、経済的にも自立することができた。他人から見たら、女としては不幸な人生に見えるかも知れないが、やりがいのある仕事を持ち一人で生きていられることに誇りと幸せを感じていた。

未だ、世の中の女性の大半は自立のための学問も、職業さえも与えられていない状態であることに変わりはなかった。幸運を手にした一部の女性たちが、その幸運を享受しているだけでは未来は変わっていかない。このまま平穏な日々を過ごすこともできるが、大半の恵まれない女性たちのために旧い慣習に立ち向かっていくことが、幸運に恵まれた自分たちに与えられた使命なのかも知れない。長いこと語り合った二人は、そんな共通した思いにたどり着いていた。

荷造りを済ませると、二人で湯島から上野あたりまで散歩した。荻野医院の前を通ると、明かりの灯った窓には診察を待つ患者たちの黒い影がうごめいていた。そんな何気ない光景が、二人を満ち足りた気分にさせていた。湯島天満宮を通り越して上野公園に向かうと、人通りのすくなくなった上野公園は静寂に包まれていた。彰義隊の何百人もの若い志士たちの命が失われた上野戦争は、もう二十年も前のことだった。あの若者たちが、命をかけて守ろうとしたものは何だったのだろうか。あの戦争も今は、人々の記憶の中からも忘れ去られようとしていた。なぜ多くの若者が命を奪われなければならなかったのか、未だに答えを見つけられずにいた。

時の流れは、恐ろしくもあり有難くもある。前に進むためには、辛いことや悲しいことは忘れなければならない。でも、忘れてはいけないことがあることを彰義隊の志士たちは教えているのかも知れない。上野戦争の舞台となった寛永寺本坊跡地には、今では壮麗な西洋風建築の国立博物館が創設され、あの頃の面影は跡形もなく消えていた。

湯島に向かって歩き始めた二人の耳に、暮六つを知らせる時鐘堂の鐘の音が聞こえてきた。見上げると、昼間白く見えた雲は夕闇の中で青くなびき、雲と雲の隙間から茜色に染まった空が不忍の池の水面に映っていた。

第四章　産婆として沖縄へ

一

明治二十年七月、新たな旅立ちの朝は快晴で、空は青く晴れ渡っていた。

横浜港の西波止場は見送りの人たちであふれ、出航の合図を待つまでのわずかな時間を惜しむように、旅立つ人を囲んで門出を祝う人たちの笑いさざめく声が聞こえ、海は、風も波も静まり陽の光を映した海面はキラキラ輝いて見えた。

海岸通りは外国人居留地になっていて、建ち並ぶ異人館が国際貿易港となった横浜を象徴しているように見えた。フランス山と呼ばれている小高い丘の上には、二階建ての白壁の洋館が並び、屋根の隙間からはいくつもの外国の旗が風に揺れていた。

横浜は、安政六（一八五九）年に開港して以来西洋人が次々と来日し、日本全国からやって来た商人たちと取引を始めると急速な発展をとげ、貿易の玄関口となって流入する外国の文化や技術がいち早く取り入れられて、日本で最も西欧化が進んだ町になっていた。貿易が拡大して外国との取引が活発になるにつれて、港湾施設の充実と整備の必要性が叫ばれ、三年前からは埠頭建設の調査が始まり、港の改修に向けて動き出していた。

横浜から大阪までの船旅は、まだ全面開通していない鉄道を利用するよりもはるかに早い旅だった。しかし、横浜から那覇までの直行便はまだ開業されておらず、大阪でいったん下船し、那覇行きの船に乗り換える必要があった。大阪〜沖縄線は、明治十八年九月に開業されたのが琉球航路の最初であり毎月一回だけの航海だった。

多希は、海老茶色の着物に黒の袴、日本髪に結っていた髪は短く切って束髪に変えていた。まだ日本髪が一般的だったが、洋装に似合うと一部の女性の間で流行っていた。長い船旅には衛生的であり、なによりも活動的な袴姿に似合い軽快で清々しかった。

最後まで沖縄行きに反対していた東條ヤス、そして恩師の倉島先生、兄喜十郎の見送りを受けて、碇泊している大阪行きの船に乗り込んだ。

出航の合図の汽笛が鳴ると、見送りの人々の歓声とハンカチーフの波が揺れていた。船は、ゆっくりと桟橋を離れると浦賀水道をすべるように太平洋の外海に向けて走り出した。船が紀伊半島を迂回しながら進むと、雲は風に拭われて紀州沖は紺碧に輝いていた。

途中で大阪に寄港して大阪商船の船に乗り換えると、船は那覇港に向かって走り出した。穏やかな瀬戸内海に入って神戸、そして日向沖を廻り鹿児島に寄港し、ここで三日間碇泊すると、定期船の寄港地である奄美大島の名瀬でさらに二日間碇泊し、那覇港に到着したのは横浜港を出航してから十三日目だった。

那覇港は、沖縄の玄関口といわれ、昔から「唐、南蛮の寄り合う那覇どまり」と謡われていて多くの外国船が出入りしていた。今も、上海、台湾基隆《きいるん》への海外航路も開かれているというが、この年の那覇港出入船の回数は五十回に過ぎず、国際色豊かな横浜港とは比較にならないほど閑散とした港だった。

明治十二年、明治政府による琉球処分によって、琉球国は解体され沖縄県が設置されていた。王府は廃止され県令をはじめ県の主要部局には、他府県から選抜された役人が配されて沖縄県政がスタートしていた。政府は、他府県から多くの職員を派遣して沖縄改革に乗り出し派遣された職員は、明治十三年から二十年までの八年間で九百二十人に上っていたが、その多くは琉球を支配していた元薩摩藩である鹿児島県人が占めていた。

沖縄は、日本本土に比べて教育や産業、医療面でも大きく立ち遅れていた。政府は、抵抗する士族たちの不満をそらすために、従来の制度を維持したまま統治するという旧慣温存策を講じ、急激な改革は避けながら教育の普及と産業の奨励に力を入れていた。また、言語や風俗を日本本土と同一にすることが、施政上もっとも急務とし、西欧の文明国の基準に合わない風俗は、恥ずかしいもので野蛮だと喧伝されていたのである。

この頃は、本土でも西欧を基準とした改革が行われていて、ヨーロッパの様々な制度や文化を取り入れようとする欧化政策によって、日本文化が否定され生活の洋式化が叫ばれていたのだった。これまでの髪型や服装などの生活様式をはじめとして、街づくりも西洋風に改められ、町のあちこちには先を争うように西洋建築物が建てられていた。

沖縄の教育政策は、小学校の増設、師範学校の開設、県費留学生の派遣など教育の普及を主要なものとしていた。それは、教育に関わるための人材育成を目指したものだった。明治十三年からは、教師養成のため沖縄師範学校が設立され、小学校も県下に十四校設立されて小、中等教育が始まっていた。小学校は明治十四年に十九校となり、翌年には五十一校へと急増したが、女子の小学校教育が始まるのは、それから五年後の明治十八年であり入学したのはわずか三人だった。

医療に関しても、これまでの呪術的療法や民間療法から転換し西洋医学を普及させることに力が注がれていた。明治八年に医局を設け、内務省官吏や一般住民に医療を施していたが、廃藩置県による沖縄県設置により沖縄県医局と改称された。明治十二年には那覇に沖縄県医院を開設し、明治十八年になって初めて病室を設け、ようやく入院患者を収容できるようになったのである。また、西洋医学を早急に普及するために医師養成の急務を痛感していた県当局は、沖縄県医院に付属医学講習所を創設した。その後、首里に沖縄県医院の分局が置かれたのだった。

那覇港に到着すると、容赦なく降りそそぐ真夏の日差しが長い船旅で疲れた体にはいっそう強く感じられた。多希は額に滲む汗を拭きながら高く澄みわたった青い空を見上げた。港の周囲には、枝が傘を広げたような樹形のデイゴの木に初夏を告げると言われている赤い花が咲き乱れ、民家の庭や生け垣など街中のいたるところがハイビスカスで彩られていて、沖縄の青い空に映えていた。

那覇は、遠く見渡す限り小川の岸辺に無数の村々が散らばって見え、民家の周りには豊かに生い茂る木々が鮮やかな色合いをみせていた。

那覇港に出迎えてくれていた県庁職員の案内で、那覇市内に置かれている沖縄県庁に向かった。那覇港から県庁までの道路は険悪なものだったが、それでも二年前に那覇、首里間の一里十町の道路が改修されて開通したばかりなのだという。松並木を抜けるとすぐに、沖縄県庁の重厚な建物が見えてきた。建物は、二百五十年間薩摩藩の琉球支配の拠点となっていた在藩奉行所跡で、武家屋敷の門構えそのままの玄関口は薩摩藩時代を偲ばせるものだった。

県庁での辞令交付が終わると、第六代福原実沖縄県令によって歓迎会が開催された。福原県令は、沖縄人と他府県の者との融和に真剣に取り組み、自身も琉装《りゅうそう》で地方を巡視するなどして地元の人たちからも親しまれていると聞いていた。

歓迎会の後、知事から提供された人力車を使って首里にある病院の分局へと案内された。人力車は、本土ではすでに二十万台に迫ろうとする勢いで普及し、庶民の交通手段の一部となっていたが、沖縄では知事専用車として初めて導入されたのだという。

首里は、今は那覇市の一地域であるが琉球王国の王都として栄えていた町だった。廃藩置県後は首里の地に県庁が置かれる予定だったが、旧軍が駐屯していたため敷地がなく行政の中心は那覇へと移っていた。しかし一方では、港に近いという利便性が人の出入りや物資の運搬に都合が良かったのだ、という説もあった。

沖縄県病院は、那覇市にあり沖縄県唯一の総合病院として、県民の医療奉仕に大きく貢献していた。首里分局は、病院出張所とは名ばかりで民家を借り上げた粗末な平屋の建物であり、看板がなければ誰も医療機関とは気づかないような建物だった。

首里分局の職員は、吉田医師と雑用係の島袋八重の二人だけだったが、二年後には医師二名の増員を予定しているのだという。

「こんな遠くまでご苦労様でした。長い船旅でお疲れでしょう？」

吉田医師は、労いの言葉で就任を歓迎してくれた。

「首里分局の職員は、僕を含めて三人しかいませんから協力してやっていきましょう」

吉田医師は、祖父の代から藩医を務めた旧家の出身で、沖縄に来るまでは新潟で開業医をしていたが、内務省からの要請に応える形で沖縄派遣を承諾したのだという。

十畳ほどの板張りの医務室は、以前は居間として使われていたらしく陽当たりが良くて、窓からは数本のヤシの木が枝を広げているのが見えた。医務室には二台の古びた机と補助用の机、壁際に薬棚が置かれていて歩く場所もないような有様だった。隣の八畳くらいの部屋には診察台が一台置かれていて、治療の設備が整えられ概ね診察室の体を成していた。窓を背にした吉田医師の机の前には、二台の机が並んで配置されていた。

与えられた机の本棚に持参した医学書を並べて一息つく間もなく、急激な気候の変化が長い船旅の疲労感を増幅させていた。

「八重さん、藤村さんを宿舎に案内してください」

吉田医師の声に応えるように、小柄な女性がドアを開けた。

「雑用係の島袋八重さんです」

深々と頭を下げた八重は、琉装と呼ばれる琉球の日常着を身につけていた。

八重に案内されたのは、職員用の住まいとして用意されていた首里市内にある民家の離れで、サンゴを積み上げた白い石垣が屋敷を囲んでいて、正門を入ると屏風状の前隠しがあった。屋敷の中には南向きに平屋の建物が二棟並び、大きい建物は母屋で、その左側に小ぢんまりとした別棟があった。母屋は、今は空き家になっていたが以前は首里の旧家だったという。母屋の屋根は、なだらかな傾斜があり灰色の瓦で葺かれていて、屋敷の北側には大きな棕櫚《しゅろ》の木が数本植えられていた。これは沖縄での標準的な家なのだという。

廃藩置県後、禄を失った首里の旧家の多くが生活費の足しにと、県外から来た官公吏や薩摩などからやって来た商人たちに部屋を貸しているのだった。

二

首里分局は、医療機関としては最低限の弱小な体制だった。このため、出産介助などの本来の業務とは別に、分局の雑用や医師の指示によって往診の同行を求められていたほか各地域の住民への西洋医学の宣伝や衛生意識の普及があった。

初出勤の日、吉田医師は、机に広げた書類にひととおり目を通してから、沖縄の医療事情について説明をしてくれた。

「ご苦労されたことは何でしたか？」

「そうだなあ」

吉田医師は、口ひげを無造作に撫でた。

「最初は琉球語に苦労したなあ。沖縄の方言ですが、沖縄諸島中南部で話される方言でね。琉球語にも、北琉球方言と南琉球方言の二つがあるらしいです。最初の頃は八重さんに通訳してもらっていました。それと、医療に関する意識の違いにも苦労しました。なにせ、人々が信じているのは西洋医学ではなく呪術や占いですから。長い間地域に受け継がれてきたものを変えるのは沖縄の人々にとっても勇気がいることです。それは沖縄に限ったことではない。本土も同じようなことはいまだに残っていますからね。呪術や祈祷は、人々の信仰に深く根付いていて簡単に否定はできないものだ。実際に身をもって体験して、医学や衛生意識の大切さに気づいてもらえるように努力を重ねるしかないのでしょう」

呪術や祈祷などは、有効な治療法もなく原因の分からない死に直面した人々の深い不安が投影されたものであり、心の問題でもあった。

「医学は日進月歩です。現在、不治の病といわれているものの治療法が確立していくのも時間の問題でしょう。出産も、嘉永四年には日本で初めての帝王切開術が行われたと聞いています。帝王切開術がもっと安全に行えて、さらに普及すれば、今まで助からなかった多くの命が救われることになるはずです」

近代医学の進歩は目覚ましく、原因不明の死の病と恐れられていたコレラも明治十七年にはコレラ菌が発見され治療方法が確立されていた。こうして不治の病は徐々に原因が解明され克服されるはずである。

仕事を始めて最初に困ったことは、やはり言葉の問題だった。住む地域が少し違うだけで方言が変わって会話するのも困難だった。吉田医師の助言に従って最初の頃は島袋八重に同行してもらったが、少し分かるようになると、なるべく住民の中に入っていって会話をするように心がけ自然に覚えるようにしていった。沖縄の生活にも徐々に馴染んでいくと、那覇の市場に出かけて魚などの食材を買いに行くようになっていた。

那覇は貿易港であったので、昔から中国、南方、日本との間の中継貿易で活況を呈していたが、その商活動の分野で女性が活躍していた。これは本土では見られぬ習慣だった。市場の主役は女たちであり、男の姿はあまり見かけることはなかった。売り手も買い手もほとんどが女で、男はまれにしか見かけず、女の活力がそこに凝縮しているように見えた。

多希は、沖縄の女たちがみんなはつらつとして働いている姿に驚かされた。魚の露店市は夕方になると女たちでふくれあがり、売買の声は茜空にこだまし、そこに働く那覇の女のいさましさを見ることができた。沖縄では、夫を養えない女は一人前ではないと言われ、結婚しても経済活動から離れず家族のために働き続けることが普通なのだという。

沖縄は一年中、行くさきざきが紅色のハイビスカスの花で艶やかに彩られていた。しかし、常夏の島とはいっても冬の夜の寒さは想像していた以上で、湿度が高くて風が強いぶん気温よりも低く感じられた。

島袋八重は、那覇で生まれ育った生粋の沖縄の女だった。亜熱帯の太陽に焼かれたような褐色の肌と、彫りの深い目鼻立ちは特徴的なウチナーンチュだった。そして、八重の両手の甲や指先にはハジチと呼ばれる入れ墨があった。ハジチは、かつての琉球王朝時代からの沖縄固有の風習で琉球の女性の間では美徳とされ、一種の成人儀礼でもあった。それは異様な恐ろしいものに見えたが、これを隠すこともなく、「これは、魔除けの意味もあるんですよ」と、八重はむしろ誇りに思っているようだった。

「藤村先生は、女なのに文字も読めるし西洋医学も勉強されているのですね？　私は学校に行ったことがないので本土の女性が羨ましいです」

八重は掃除をする手を休め、机の上の医学書に目をやった。

明治初年の沖縄の学校は、琉球王国時代のものを継承して国学や小学校があったが、そこに入学できるのは男子だけで、女子はたとえ王族、士族でも入学が許されなかった。

「でも最近まで、それが当たり前だと思っていたんです。女でも学校に行けるようになったんですから、わたしは琉球が沖縄県になって良かったって思っているんです」

琉球処分は、女性たちにとってある意味では抑圧からの解放だったともいわれていた。何よりも大きいのは、女に学問はいらないとされた儒教思想のくびきを解かれたことなのかも知れない。

沖縄は明治十三年に学校教育が始まったが、女子の小学校入学が許されたのは、男子より五年遅れた明治十八年だった。それでも人々の女子に対する意識は変わらず、女子の入学者は三人だけだったという。入学した女子に対して「女のくせに学校なんかに行って、大きくなって一体何になるのだろう」と嘲笑的な風潮は根深く、女子生徒は本を隠して学校などへは行かないようなふりをして通学したのだという。

「本土でも、学問は男がするもの、と考えられていた時代がありましたが、女子の教育を求めて立ち上がった人たちがいたおかげで道が開けました。昨年には小学校令という法律で四年間の就学義務が決められましたし、女も頑張れば高等教育を受けることだって当たり前な世の中になるのも、遠い未来ではないかも知れませんね」

「娘は、学校に行かせて教師にするのが夢なんです」

八重はそう言って瞳を輝かせた。

八重が首里分局のほかにも仕事を掛け持ちして働いていたのは、教育にかかる負担が庶民にとってまだ重かったからだった。小学校の授業料の無償化は、明治三十三年に小学校令が改正されるまで実施されることはなかったのである。

沖縄師範学校内に女教師養成のため、二年制の女子講習科が設置されたのは明治二十九年だった。小学校に女子が入学して以来、十一年後に初めて女子の中等教育が始まったのである。第一回の生徒は十人で、沖縄県出身者は久場ツル一人だった。ツルもまた「女のくせに」という言葉を投げつけられながら肩身の狭い思いで通学したという。

それから二年後には、首里出身の久場ツルが沖縄初の女教師になったのである。それまで、女教師はみな県外から赴任してきていたのでツルへの期待は大きかったろう。女教師は生徒に学業を教えるだけでなく、沖縄の風俗改良を含め皇民化のため、地域の婦人会や女子青年たちの指導などでも先頭を歩むことを期待されたのだった。ツルは、教師になって二年目の新学期になると、ウチナスガイ（琉装）をヤマトスガイ（和装）に改めた。それは沖縄女性として初めてのことだった。日本政府は「女教員たる者は、学校執務上必ず普通服を着すべし」と、まず女教員の国民化を促し、唯一の県出身女教員ということでツル一人に大きな責任が負わされた格好になったのだった。

当時の女子教育の大きな課題は、小学校への女子の就学率を高めることと、沖縄女性の日本化を推し進める風俗改良だったからである。

和服着用が讃えられる一方で、一般市民からの激しい批判に晒されることは、ツル自身も予測できぬことではなかっただろう。

首里の町はずれにある中井家を訪ねたのは、八重からの依頼だった。

中井多美子は、昨年第一子を死産し、間を置かず再び出産が近づいていた。同じ悲しみを繰り返させないために、八重はこれまでの取り上げ婆さんではなく多希の学んだ最新の西洋医学というものに強い期待感を持っていた。

沖縄では、お産の介助の経験があるカッテイと呼ばれる取り上げ婆さんがいて、臍を切るのもあざやかで、その腕前が人々の信頼を受けていた。信頼される理由は、その技術だけではなかった。カッテイは、別に報酬を受けたのでもなく、生まれてくる赤子を取り上げ一週間も一か月も赤子を毎日沐浴させ、親代わりに抱き可愛がり実の親以上に母親の役目を果たしていた。しかし、この老婆に医学的な知識はなく、死産、難産、産婦の死亡などには手の施しようもなくお手上げ状態だった。

取り上げ婆さんの行う、お産に関する奇怪とも思えるような風習や迷信も存在していた。取り上げ婆さんに西洋医学を受け入れる素地はなく、多希の訪問に対して反発することも多かった。

多美子は、野良仕事の最中に産気づき、急いで家に戻ると、一か月前から準備していたという産室に移されていた。多美子の傍らには義母と老婆が付き添っていた。

家屋の裏側にあるウブヤと呼ばれる産室には、三尺四方の大きさの地炉があり、入り口にはシメ縄が張り巡らされていた。夏だというのに地炉では薪が焚かれ、戸は閉め切られて産婦の下腹部や背中を温めていた。水分を含む生木を燃やすので産室は白く煙っていて、多美子は汗を流しながら真っ青になって耐えていた。冷やすべき時に全く逆の処置をとっていたのだ。多希は、地炉から薪を除けると、部屋に新鮮な空気を取り入れるために戸を開けようとした。

「何をするんだ。そんなことしたらお産は無事には済まないよ」

多美子に付き添っていた老婆は、多希の前に立ちはだかった。

「火の神さまは、悪霊を払い除ける力を持っているから火を絶やしてはいけないんだよ」

老婆は多希の言葉には耳を貸そうとはせず、火を燃やし続けて産婦の下腹部や背中を温めようとした。

老婆たちは、産室には子を殺すシラ神がいるとか、悪霊がいるとか、不浄な場所であると信じていた。火は、それらを払い除ける力を持っていると考えられていて、産婦の体を温めると安産する、あるいは産後の肥立ちが良いという沖縄独特の伝承があった。

「このままでは体温が上がってしまうし、外の風を入れると気分がいいでしょう？」

多希は、汗を流しながら必死に耐えている多美子に声をかけた。

「わしは何十人もこの方法で産ませてきたんだ。何も知らないくせに、よそ者が何を言うか！」

老婆の方言はよく理解できなかったが、その険しい表情と怒声から、自分が激しく罵られているのが分かった。

こんな光景が何度も繰り返されていた。この老婆にとっては、伝承や自分自身の経験が絶対であり、西洋医学などというものを全く信用していなかったし、知る機会もなかったのだろう。

しかし、多美子は開け放たれた戸口から入ってくる涼しい風を思い切り吸い込むように肩を上下させて大きく呼吸しながら、かすかに微笑みかけてくれた。それは、苦しさから解放してくれたことへの感謝と、自分と同年配に見える、若くて新しい知識を持った産婆に対する期待のようにも感じられた。

吉田医師が、「新しい知識を盾に、性急に古い習慣を変えようとしてはいけない」と話していたのを思い出していた。これまでも取り上げ婆さんといわれる老婆と衝突することも度々あったが、どんなふうにお産をするか、いつの日か産婦自身が決めていくのだろう。この拷問のような旧習を変えていけるのは、多美子のような若い世代なのかも知れない。

ふつうのお年寄りが、見てきたお産や耳学問だけで取り上げるのだから無理もなかった。でも、取り上げ婆さんと対立していてばかりではいけない、と思った。沖縄の人々が信頼し、尊敬して止まない取り上げ婆さんと信頼関係を築いて一緒に協力していければ、お互いの足りない部分を補い合って、より安全で安心なお産を行えるかも知れない。そして、取り上げ婆さんの理解が少しでも得られれば、古い危険な慣習や迷信をより早く変えていけるのではないかと考えていた。

困った迷信は他にも様々あった。人々は、出産後産婦を安眠させるとそのまま死亡するという迷信を信じていた。

出産六日目に当たる六日マンサンと呼ばれる日には、親戚や近隣の者が集まって、三味線と共に「酔えや舞えや」の大騒ぎのお祝いとなり、夜遅くまで歌舞飲食をし、産婦を一週間も安眠させないということも行われていた。赤子は泣き出し、睡眠不足になった産婦の衰弱は甚だしく、訪問した時には、産婦の顔色が真っ青になっていたこともあった。

新生児は、出産後直ちに焼火で体を温め、病気のあるものは胎内中毒血を吸収したものと信じられていて、身体の各所の皮膚を切って血を出させるという奇習もあり、それを初めて見た多希を戦慄させた。

このような古代風俗を改め、西洋医学を基本とした医療の普及が、妊産婦を守るためにも急務であることを実感させられるのだった。しかし、長くその土地に密着してきた風習を改めることは容易なことではなかった。医療知識の欠如と衛生思想の貧しさとの格闘ともいえるものだった。

自分はいったい何と闘っているのだろうか、と虚しさを感じることも度々だった。学んできた医学の知識も技術も人々が受け入れてくれなければ何も役には立たない。沖縄の人人のなかに深く根づいている風習や呪術、占いとの孤独な戦いのように思われた。

妊婦の往診や数軒の沐浴を終えて歩いて帰ってくると夕方になることが通常だった。一人で暗い夜道を帰ってくる時、遠くから明かりの灯った分局の建物が見えると、ようやくほっとした気分になれるのだった。

吉田医師とは、お互いに仕事に追われゆっくり話す暇もない有様だったが、いつも「お疲れさん」と声をかけてくれた。

「今日はどうでしたか？　すぐにはうまくいきませんよ。少し気長にやっていきましょう」

そんな言葉に励まされながら沖縄での日々は過ぎていった。

「ここで働いていくためには、沖縄の歴史を知り、沖縄の人たちを理解することが必要かも知れませんね」

沖縄のことを何も知らずに来た多希を思い、日頃から何かと教えてくれていた。そして休日になるのを待って、首里城見学へ誘ってくれたのだった。

三

吉田医師は、守礼門の前で立ち止まると門の上の方を指さした。

「屋根と屋根の間に、守禮之邦《しゅれいのくに》という額が飾られていますが、これは、琉球は礼節を重んずる国、という意味だそうです。琉球人は、身分の上下を問わず礼節に厚く、友好的な人たちだと言われていますから、象徴的な言葉ですね」

朱色に塗られた正殿の正面に立つと、四百五十年栄えたという琉球王朝時代が偲ばれた。

「明治五年に琉球藩になったのですね」

「ええ、徳川の時代には清との間で朝貢関係もあったのですが、台湾遭難事件をきっかけに半ば強引に薩摩藩の支配下に置かれたのです。その後、一方的に琉球王国を琉球藩とし、明治十二年の琉球処分で首里城は明け渡されて、琉球王国は消滅してしまった」

「琉球の人たちにとっては過酷な歴史ですね」

「処分に抵抗し、清国へ亡命して救国運動に奔走する人たちもいたようです。でも、苦境から救済されることを期待し、世替わりを歓迎する農民もいました。でも、日本の命令どおり従順するよりほかに仕方なしと諦める雰囲気が、大多数の農民層の中に広がっていったという話です。まあ、生き延びるための選択肢として日本専属を受容したということでしょう。琉球人は、もともと武器を持たない民で、彼らはいかなる戦もしたことがない、平和を愛する穏やかな性質の人たちですから」

東京にいた時には知ることもなかった琉球の悲劇を目の当たりにして当惑していた。

「日本は、琉球の合意を得ないまま、政府のいうすべてを受諾するよう首里の国王と王府を説得したんです。彼らは、ただ何をすべきかを頭ごなしに言われるだけだったのでしょう」

明治という新しい時代は、日本国内だけでなく、こんな遠い南の国まで巻き込んで強引な変革を強要していたのかと思うと胸が痛んだ。

「琉球は、独立自治国としての地位を維持するには、あまりにも脆弱に過ぎた、ということなのでしょう」

「平和を愛し戦争のない国を目指していても、武器を持たないと国として独立を維持することはできないのですね」

幾世紀にもわたって、武器や争乱の世とは関係のない世を謳歌してきた人たちの生活は、周辺の国々によって大きく捻じ曲げられてしまった。そう考えると、沖縄を改革するべきだという政府の言葉に乗せられてやって来たことが、沖縄の人々にどのように受け止められているのかと思うと、暗い気持ちになるのだった。

「人間って愚かな生きものですね。強い者が弱い者を支配し、富める者が貧しい者から搾取している。八重山諸島では、重い人頭税に苦しみ、授かった子どもを堕胎したり、間引きをする人たちがたくさんいると聞いています」

吉田医師は、どこまでも青く澄み渡った空を見上げていたが、その横顔には悲しみが滲んでいた。

人の気配のない静かな正殿から、いくつかの門と広場を抜けて歩いた。

「沖縄に来て、自分がどんなに世間知らずだったのかを思い知らされました。これまで診察や治療に邁進し、新しい医学を勉強してりっぱな医師になることだけを目標にしてきました。それ以外のことには何の疑問も持たないまま過ごしてきたんです。でも、自分がいかに恵まれた環境で生きてきたのかということに気づかされました」

祖父の代から藩医として受け継がれてきた吉田家は、地域の名家であり、もの心ついた頃から医学の勉強を奨励された裕福な家だったという。

「でも、これからは貧しい人たちのために残りの人生を捧げたいと思っているんです。それが、わたしが沖縄で得られた唯一の結論なのかも知れません」

首里城の西の小高い丘に立つと、東シナ海に浮かぶ慶良間《けらま》諸島を見渡すことができた。

「無人島を入れると、二十以上の島があるそうですよ」

吉田医師の指さす方向に目を向けて、幾重にも重なって見える島影を見つめていた。

「慶良間は見えても、まつげは見えない、という諺があるそうです」

「灯台下暗し、と同じ意味ですか?」

「そうですね。遠くは見えても近くは見えない。いや見えていない、とも解釈できるかも知れませんね。でもわたしには、先の未来ばかりに目を向けるのではなく、今できることを一生懸命やりなさい、って言われているような気がするんです」

富裕な医者の家に生まれ、苦労を知らずに、医師として順風満帆に生きてきた吉田医師の人生の方向を変えさせたものは何だったのだろうか。沖縄の美しく雄大な自然の裏側で、重い税に苦しみ医療も受けられないでいる農民の姿に、自らがこの現実にどう向き合っていくべきかを問いかけた結果なのかも知れない。

四

沖縄での二度目の夏が巡ってきていた。高温多湿の沖縄の夏には慣れたはずだったが、本土から来た者には厳しかった。歩いているだけで汗が溢れてきたが、それでも木陰に入ると涼しい風が心地良く感じられた。

産気づいたという知らせがあり、首里の外れにある上原家に急いで駆け付けた。

上原の妻かねは、明後日が出産予定日で順調だったが、持病も抱えていたため万が一のことを考え吉田医師にも同行をお願いしていた。かねは、場合によっては出産後の外科的な処置が必要とされる可能性があり、母子ともに健全なお産が不安視されていたのだった。しかし、幸いにも多希の心配は杞憂に終わった。元気な産声を聞き産湯を使わせて家族の笑顔を見られることが産婆としての一番の喜びを感じる瞬間だった。

お産の疲労のために、かねの額には汗が滲み顔は赤く浮腫んでいるように見えた。「すぐに起きてはだめよ。当分はゆっくり休んで、野良仕事には出ないでくださいね」

そう付け加えるのを忘れなかった。

それは、出産後十日目には快復したとして床上げをして、その日から軽い仕事に追い込まれることが多いということを聞いていたからだった。出産の二か月後には、再び身ごもる人もいて、十二、三人の子どもを産む女性もいた。なかには、家督相続をできる男児出産まで、母体の疲労と闘いながら何人も産み続ける女性もいるのだった。

過剰な仕事や栄養不足にも難産や死産の原因があったのだが、農村の妊婦たちのなかには出産直前まで働き、野良仕事の最中に産気づいて畑や道端で産む人もいたのである。しかし、妊産婦の置かれた厳しい状況は、本土においても同様であった。昔は「お産は病気ではない。自分で妊娠したのだから、自分の力で産むのが当然」と言われていたのだった。

「わたしも長年医者をしてきましたが、沖縄に来て初めて出産に立ち会いました。ここでは、医療全般にわたって勉強していないと医師は務まりませんね」

「産婆は医学的処置をしてはいけないことになっていますから、何かあった時に一人では処置できないのが産婆の弱点といえるのかも知れません。でも、お産は始まってみないと分からないので、医師に委ねるという判断が難しいんです。正常だと判断をしても、異常事態が起こることは十分ありうることですから」

明治七年に定められた「医制」の中で、産婆の職分や資格が規定され、産婆の業務は正常分娩の介助に限られていた。正常分娩が見込めない場合や異常を発見した場合は、医師の指示のもとで安全なお産を行うための連携が必要だということだった。また、原則として産科、内科、外科の医者の指図なくして医学的処置をしてはならず、さらに産婆は産科機器の使用、投薬も禁じられていた。

衛生や医学の知識もないまま、経験的に村や町で出産を取り仕切っていた旧来からの産婆たちに対して、とりあえず産婆業を許可制にして、産婆が医師の領域に触れることや、堕胎に手を貸すことを禁じようとしたのである。

出産は、不思議と夕方から夜が多く、大雨や嵐のときでも呼び出された。お産を終え家路につくのが明け方になることも度々だった。横なぐりの冷たい雨に打たれながら、デコボコの道を何里も歩いて帰ってくることもあったが、難産を乗り越え無事に赤ちゃんを取り上げ、産婦や家族の喜びようを見ると、頬に当る冷たい雨も産婆としての自分を称えているような気がして不思議と楽しく感じられた。

この日も、往診が終わり帰り支度を始めていた夕刻近くになって、首里の農民の男が息を切らして分局に飛び込んできた。男の妻が出産を迎えているが、来てもらっていた取り上げ婆さんの手に負えなくなり、急いで産婆を呼びに来たものらしかった。とっくに日が暮れて暗闇の道をランプの明かりを頼りに歩いていくと、男の家は町はずれにポツンと建っている小さな貧しい家だった。

産婦の傍らにいる取り上げ婆さんは、出産は満潮時にあるものと、無理やりそれに合わそうとして、産婦を力ませ胎児の頭の毛が抜けるまでひっぱり出したが、それが取り出せずにいたのだった。取り上げ婆さんは、産婦の傍でなす術もなく座り込み、幼い二人の子どもは、母親の着物の袖に取りすがって泣きじゃくっていた。

男と一緒に家にたどり着いた時には、すでに胎児の脈は止まっていた。あまりに時間が経ち過ぎていて、蘇生することができなかった。もう少し早ければ間違いなく救える命だったのに、そう思うと悔しさで涙がこぼれた。それでも、何とか母親の命を助けることができ、幼い子どもたちから母親を奪わずに済んだのが、せめてもの慰めだった。しかし、産婦の夫に対して「なぜもっと早く呼んでくれなかったのか」と、強く叱責してしまったが、これから産婆として自分が果たすべき役割と責任を痛感させられたのだった。

こうしたことは必ずしも取り上げ婆さんだけの間違った処置というわけではなかった。みな、長年の習俗や迷信を信じ込んでいた。

山ほどあった妊娠と出産に関わる迷信にもうんざりさせられた。お年寄りが集まって、ああしろ、こうしろと指図する。「屋根の綱を切りなさい」「かめのふたを開けておいで」、そうすればすぐに生まれる、などというのだ。ほかにも「七夕は日が悪いから今日お産をさせてくれ」などと無理難題を押し付けてくることもあった。実際に、取り上げ婆さんはまだ開口期も来ない時から力を入れさせたり、産婦の腹の上に立ったりして無理なことをしてお産をさせていた。

海水につかれば悪い病気が治る、と信じられていて、お産をしたら海におりて体を洗うという風習もあった。「それをやってはいけない」と言っておいたが、本人がいないので「どこへ行ったのか？」と尋ねると「トイレに行った」と家族は答えた。本人も「海でボロを洗ってきた」とうそをついた。案の定、産婦は海から帰ってくると発熱し、三日目に産じゅく熱の高熱で危ないところだった。吉田医師を呼んでやっと生命をとりとめたものの、多希も産婆として責任を感じた出来事だった。

このように危険な迷信がまかり通っていて、やらないように説得しても聞き入れないことも多かった。医学を学んでいれば、それは道理にあわない言い伝えだと分かるが、長い間の習俗はなかなか直せるものではなかった。しかし、ほんの少し希望を持てる出来事もあった。産婆が、難しいお産や産後の処置などをテキパキと行う傍で、目を見張るように眺めていた取り上げ婆さんたちは、当初「よそ者のくせに」「若いもんに何ができる」などと、ことごとく嘲笑していたが、なかには熱心に質問をしてきたり、話を聞いてくれる老婆も現れてきていた。

たわいのない、実害もない習俗や迷信は聞き流すこともできたが、妊産婦や新生児の命に関わる問題に関しては悠長に待ってはいられなかった。まず、早急に変えなければならないことは、妊産婦と新生児の身体上の処置や衛生的な出産の場を作ることであり、産後の感染を防ぎ、命の危険に関わることを避けなければならなかった。

取り上げ婆さんは、生竹の皮で臍を切断して消毒もしていなかった。新生児に対しても、目を消毒してやらない。そのためにリン毒性バイキンに侵されて、膿漏《のうろう》眼にすることが多かった。沐浴も生まれた時だけで臍が取れるまでそのままにしていたために、臍からバイキンが入り破傷風で死んでいくことも珍しくなかった。

お産が命取りになるのは衛生思想の貧しさであり、同時に農漁村における過重な仕事や栄養不足にも起因していた。取り上げ婆さん方にも、機会ある毎に新しい衛生知識を説き、旧習打破への協力をお願いすることにしたのだが、強い信頼関係を築くのには時間がかかるため、できれば自分のような「よそ者」ではない沖縄出身の新しい産婆の出現が待たれた。

多希は派遣期間の満了を目前に控えて、沖縄に来てから自分が産婆として成し得たことは何だったのかを振り返っていた。まだまだ十分満足できるような結果は得られなかったが、自分なりに衛生意識の向上に貢献できたのではないかと自負していた。そして地域の住民や妊産婦に寄り添い、苦しみや悲しみ喜びを分かち合えたことが産婆として一番の誇りであり喜びだった。また、沖縄の女性たちが明るく生き生きと働く姿を目の当たりにし、女性が職業を持つことを社会が阻止すべきではないと改めて感じていた。

ともに働き、一足先に帰郷した吉田医師は、この沖縄の地で新たな人生の出発を誓って旅立っていった。多希自身も、産婆という仕事に真摯に向き合うことで新たな出発点を見い出せたように感じていた。

怒涛のごとく過ぎた二年の派遣期間を終えて、多希が沖縄を離れたのは明治二十二年だった。この年の四月に、沖縄県医院は沖縄県病院と改称し、首里分局も首里出張所と改名された。職員構成も、医師が二名増員されて、医師三人、産婆一人、雑役一人となった。翌年の明治二十三年三月には新たな教育制度をスタートさせ、ようやく沖縄県病院の中に付属産婆養成所が設立された。生徒は一年間の厳しい学生生活を終えると、数年後には西洋医学を学んだ産婆の有資格者が活躍する時代になる。沖縄人による沖縄のための真の改革が行われようとしていた。

時代の波は、取り上げの技術は別としても、近代医学の知識を身につけ新しい衛生思想を学んできた新産婆へと変わっていくことだろう。

第五章　戦争と平和の狭間で

一

東京に戻った多希は、真っ直ぐに「青源」へと向かった。喜十郎と妻ハルは、養父母と一緒に商売に励み、店を拡張するなど経営状態も順調だった。沖縄から戻った三日後には、報告のため恩師の倉島先生を訪ねたが、久しぶりに町を歩くと、あちこちに時の流れを感じさせるものがあった。沖縄に行っていた二年の間に東京は様々な変貌を遂げていた。

明治二十一(一八八八)年に全国市町村制が公布され、翌年には東京市が生まれていた。女性たちは、まだ和服姿が多かったが洋装の人も増え、一般の男たちの中でも新しもの好きな者たちが真っ先に洋服を身につけていた。

明治四年に断髪令が公布されていたが、官吏を中心に広まっていた一方で庶民の断髪の普及率はまだ低かった。しかし、見回してみると男性のほとんどは髷を切って断髪姿になっていた。町は煉瓦造りの建物が並び、道路は相変わらずでこぼこ道だが、土埃を立てて人力車とともに多くの乗り合い馬車が走り回っていた。

「沖縄はどうでしたか？」

倉島先生の質問に対し、実際に自分が見てきた沖縄の現状を説明した。衛生問題はもちろんのこと、妊娠を恥ずかしいことだとして、異常出産が予想されていても診察を受けようしないことや、手に負えない状態になってから産婆を呼ぶために、母子ともに亡くなることも少なくなかったこと、などであった。そして、妊産婦と新生児の身体上の処置や衛生的な出産の場をつくることや、産後の感染を防ぎ、命の危険に関わることを避けることが重要な課題であることを伝えた。一番伝えたかったことは、産婆業務の制限についての疑問だった。それは、医師に対して初めて怒りの言葉を返した経験からだった。

ある産婦の家から、産後の出血がひどいからと往診を頼まれたが、医学的な処置をしてはいけないという法律に基づいて、応急措置をしたうえで医師を呼ぶように手配した。しかし折悪く吉田医師は離島に出張中で明日の夕刻に戻ることになっていた。早急に処置をしなければ危険と判断し、仕方なく一人で必死になって処置して産婦の一命を救うことができたのだった。あの時の喜びは今思い出しても、何とも言えない心温まるものだった。

翌日の早朝に本局の医師の診察を受けさせ、出血時の容態と止むなき治療措置をとったことを説明した。「良くやった」という言葉を期待していたのだが、医師からは「医師法違反だ」と散々お叱りを受けてしまった。緊急のことだったとはいえ法律違反であることは承知していたが、そのために命を救えたという事実を受け止めてほしいという思いが強く、詫びることができずにカッとなって怒りの言葉を返してしまったのだった。

多年の経験から得た医学知識を生かし、処置して人命を救うことがなぜ悪いのかと疑問に思い、哀しい気持ちでいっぱいになったのだった。もしあの時、法律を優先して治療措置を行わなかったら大切な命を救えなかったかも知れない。そう考えたとき、現在の産婆業務の制限に疑問を感じたのだった。どんな法律であれ、命の尊さを重んじるものであってほしいという多希の願いでもあった。

倉島先生は黙ってじっと耳を傾けていたが、今後の検討事項として内務省に伝えることを約束してくれたのだった。

明治二十二年二月に、天皇を中心とする「大日本帝国憲法」が発布され、翌年には「教育勅語」も発布された。

数日前から奉祝門が作られ、各地でイルミネーション、街頭行進、祝賀会などが計画され、国旗や酒が売れに売れて、品切れや品薄になり値上がりする騒ぎも起こった。前夜の遅くから雨が雪に変わり、当日朝には、東京は一面の銀世界となったが、降りしきる雪をついて落成したばかりの宮城に向かう馬車や人力車の列が早朝から続いた。「午後から晴天になると往来の混雑は盆と暮れとの宿下がりを一つに寄せたような有様で、昼より夜にかけての花火の数は夥しいものだった」と当日の新聞は報じている。式は十分ばかりで終了したが、祝砲が轟きすべての鐘が鳴り響いた。

この年には「集会及政社法」によって、女性の政治活動や議会傍聴さえも禁止される、というように女性の権利はことごとく排除されていったのだった。

明治二十三年には最初の帝国議会が開かれたが、衆議院議員選挙法では女性の選挙権は認められなかった。女性の政治への参加が許されず、政治を知る権利も奪った不十分な憲法だったが、これに異議を唱えるのはごく一部の人たちだけで、多くの人々はそれを当然のことと考えていた。

荻野吟子は、同二十一年に自ら大日本婦人衛生会を設立して、衛生知識の重要性と家庭における女性の仕事の社会的意義を力説していた。さらに、婦人の地位向上を願い、婦人の議会傍聴禁止撤回運動の陳情総代の一人として参加し、政府に対して直接陳情書を提出して、これを撤回させることに成功していた。吟子は、女医として名をはせるなかキリスト教の洗礼を受けてキリスト教婦人矯風会《きょうふうかい》にも参加し、廃娼《はいしょう》運動や女性参政権運動にも尽力し、多方面での活躍が知られるようになっていた。

「小学校も出ていないのに男だというだけで許されて、大学も出て人の命を預かっているのに女だからといって排除する。そんな男尊女卑の考えは時代遅れもいいとこだわね」

ヤスは落胆した様子で、薩長を中心とした新政府の政治家を批判したが、ヤスのように、歪な憲法に気づき不満に思うものはごく一部であり、それだけ女性自身の中にも女性蔑視の慣習は根深く蔓延《はびこ》っていたといえるのかも知れない。

産婆養成所の教師となっていたヤスは、訪ねてくると開口一番に、荻野吟子の再婚と荻野産婦人科医院の閉院について話題にした。吟子は、四十歳の時に十三歳下の学生と再婚し、荻野医院は開業からわずか七年で廃医院となり、明治二十七年には夫を追うようにして北海道に渡ったのだった。

「日本の女医第一号だったのにねえ」と、ヤスは落胆した様子で頬杖をついた。

「何があっても、その称号はかわらないものよ」

「医師になって医院も評判が良くて、ようやく女の医者を世間が認めた矢先だったのに残念だわ。周囲の方もみな再婚には反対したそうよ」

多希は、吟子が選んだ人生の伴侶を、周囲に認めてもらえなかったことに心が痛んだ。ヤスも、吟子の結婚や医院の閉院には失望している様子だった。

吟子は医業の傍ら、明治女学校で生理衛生を教え校医も兼ねていた。荻野医院の診療も順調だったが、一方では、吟子の医業繁栄も好奇心による一時的な現象で医業の世界での信頼は男医には及びもつかない、と言う人たちもいた。男尊女卑の余弊で、医業は世間が言うほど繁盛していなかったのかも知れない。

「吟子先生はこれまでの評価を捨ててもその方と一緒に生きる道を選んだんでしょう。その決断も勇気のいるものだったと思う」

「でも、吟子先生が苦労して手に入れたものを捨てるほどの人とは思えないけど……。だって十三も年下で、しかも学生の身分じゃ財産もないし、苦労が目に見えているわ」

世間一般に言われている結婚に関する男女の意識は、時代が変わったからと言って簡単に変わるはずはなかった。ヤスは新しい考えを持っている部類の人間だったが、それでも一昔前の価値観に囚われているように思えた。それは多希自身も同じかも知れない。

吟子の結婚は、女の幸せの形はひとつではない、人それぞれに違った形があるのだ、ということを世の女性たちに訴えているように思えてならなかった。

「吟子先生は、人を地位や年齢で判断せず、自分に正直に生きるという信念に従ったんじゃないかしら」

自分に正直に生きることが難しい時代に、吟子の選択は女性がどのように生きるべきか問いかけているようにも思えた。

本当の幸せとは何なのだろうか。答えが見つけられないまま必死に生きてきた自らの半生を振り返っていた。

吟子の結婚は周囲に波紋を広げていた。周囲の人たちが、吟子の結婚を祝福できなかったのは、十三歳という年齢差や身分の違いということだけではなく、女性の新たな時代を切り開いた先駆者として、さらなる活躍を期待していたからではなかったのだろうか。でも、女性医師として、どんな悩みや責任感が吟子を苦しめていたのか誰も知らなかった。


女性にとって大改革の転換点となる、民法の「親族編」と「相続編」が施行されたのは、明治三十一（一八九八）年七月だった。「明治民法」ともいわれるもので、戸主（家長）の絶大な権限のもとに妻は相続において社会的無能力者とされ、戸主が家族を統率し、戸主の地位と家産は原則として長男が継承するという、男優先相続の家制度を基礎とした法律が確立した。この民法のもとでは、女は良妻賢母として夫や舅姑に仕えて、家の後継ぎを産み育てることを天職とする、という考えが世の中を支配することになった。これによって、男性支配の家父長的家族制度ができあがり、家庭における妻の夫への従属的地位が法的にも確定したのである。法律という目に見えない武器で女性の地位を下げ、社会進出を阻んだといえるだろう。

二

明治維新からわずか二十七年後には、平和だった日本が大きく変わり始めていた。

明治二十七年七月になると、朝鮮の支配権をめぐって長年の友好国だった隣国の清との間で戦争が始まった。しかし、なぜ清と戦争をしなければならなかったのか、国民の大半は知らなかった。実際に戦場を目にしていないこともあって、みな戦争を実感できなかった。新聞も、日本に有利な情報だけを報道し臥薪嘗胆などと、さらなる戦いに向けて心構えが必要なことを書き立てていた。

明治政府は、欧米並みの近代国家創出のため「富国強兵」「殖産興業」という政策を柱に、様々な改革を行い国を主導してきたが、国民の願いとは裏腹に世の中は暗く淀んだ空気が広がりつつあった。

九月になると、戦争の影響が徐々に出始めていた。絵草子屋の店先から名所絵や役者の似顔絵が消え、戦争の錦絵が飛ぶように売れていた。軍歌が流行し、町は戦時色に彩られていった。豆腐や沢庵などの値上げ、その上献金の要請によって多くの市民の生活も厳しくなっていった。

「勝った、勝ったって喜んでいるけど、若い人がたくさん戦死して、これから日本はどうなってしまうのかしら？」

知人の息子が戦地に徴兵されたこともあり、最近はヤスとの会話も自然と戦争の話題が増えていた。

「一等国になるためには戦争をしなくちゃいけないの？」

「戦争で勝ったとしてもお互いに恨みを生むだけでしょう？　戦争ではない方法で問題を解決することはできないのかしらねえ」

そんな二人と同じ考えがある一方で、戦争を賛美する声も聞こえてきていた。長く平和だった日本が変わっていくさまを黙って見ているのは辛いことだった。

「自分の大切な子どもたちを戦争に駆り立てられても、女には発言する権利も与えられていないなんて、こんな不条理が許されていいのかしら」

多希は、ため息をつきながらヤスの言葉に相づちを打っていた。

「政府の偉い人が、女は天下国家のこと、政治むきのことには口を出すなって言っていたわよ」

「そもそも法律が歪んでいるから国もいびつになってしまったのよ。いったい政治家たちは、どんな国を作ろうとしているのかしら」

まだ勝敗が決まったわけでもないのに、あちこちで戦勝祝賀会が催されていた。ヤスは、上野公園の不忍池畔で開催された祝賀会や、戦争に便乗した興行が連日大入りだ、などと伝える新聞記事を苦々しい表情で見つめ、ため息をついた。

日清戦争は日本の勝利に終わり、翌年四月に下関で清国との講和条約が成立した。


明治三十二年。東京が戦勝気分に沸いてからすでに四年が経って、ようやく明るさを取り戻し、人々はみな将来に自信を持ち世の中は明るく落ち着いているように見えた。どの行楽地も大変な賑わいで盛り上がり、安政の大地震以来途絶えていた墨田川の七福神めぐりも復活していた。

それから間もなく多希と東條ヤスは、本郷湯島にある小さな一軒家を借りて産婆院の看板を掲げたのだった。「夢のまた夢」だと思っていた産婆院の開業は二人にとって大きな希望となっていた。すでに「女三界に家なし」という言葉も忘れ去られつつあったが、この頃の女子の就学率はようやく五十パーセントを超えたばかりで、教育状況は停滞し女性の社会進出を阻む要因となっていた。

西洋医学を学んだ新産婆は徐々に増えつつあったが、それでも、まだ昔ながらの無資格の取り上げ婆さんに頼み、特に難産になりそうな時だけ産婆を頼むのが普通だった。産婆にかからねばならないという法律があったわけではないから、多少ともお金や経費の掛かる新産婆より、旧産婆を頼むのが庶民の暮らしだった。特に農村では、古来の風習から抜け難く、テキパキこなして消毒にうるさい新産婆よりも、長年その土地で馴染みとなっている年のいった旧産婆に親しみを感じる人が多かったのも仕方のないことだったかも知れない。

しかし政府は、明治三十二年に「産婆規則」と「産婆名簿登録規則」を発布し、産婆に対する免許制度を確立し、職業としての資質水準の統一を図ったのである。

明治三十五（一九〇二）年三月十八日、埼玉県で初めての産婆養成所が設立された。北足立郡田間宮《たまみや》村宮前（現鴻巣市）に、地元で病院を開設していた秋谷郷医師により開校された埼玉私立産婆看護婦学校には、産婆学科と看護婦学科が設置された。修業年限は両科ともに一年で、入学資格はいずれも高等小学校卒業で、十六歳以上とされた。しかし、入学希望者は予想していたよりも少なく、生徒数名でのスタートとなった。

入学金（一～二円）、授業料（一か月一円）という学校経費は、保護者にとっては負担が重いことに加え、女性が職業を持つことへの理解が、まだまだ深まっていなかったことが原因と思われた。明治期には、女性が家の中にいることが普通で、女性が外で働くこと、つまり職業を持つことは軽蔑されていたのだから当然のことだったと言えるだろう。

明治三十五年になると、庶民の生活にもじわじわと不景気が忍び寄っていた。戦争を予感してか街の賑わいは影をひそめ、気分は暗くなりがちだった。そして二年後の七月、再び日本はロシアとの間で戦争を始めた。

初戦勝利に銀座通りには灯火行列が繰り出し、日比谷公園では市民大祝勝会が開かれ、盛大な提灯行列が行われた。八月の両国の川開きには船に提灯を提げ、料理屋も各国の国旗を飾るなどして、戦争で気分が暗くなりがちだった市民に明るい雰囲気を提供していた。しかし、戦争の足音が身近に迫っているのを実感させられた。

「本郷町の野瀬さんとこの息子さん、戦死されたんだって」

ヤスは青ざめた顔でそう告げると、崩れ落ちるように座り込んだ。

「あの子は、私が産婆になってから初めて取り上げた赤ちゃんだったのよ。お七夜にもお宮参りにも招待してくれて。成人した時には挨拶にも来てくれた。成長した立派な姿に目頭が熱くなって、まるで自分が産んだ子どもみたいに誇らしく思えたものだった。これまで夢中で仕事をしてきたけれど、あの時初めて産婆になって良かったたって思えた」

「無事に生まれて健康に育ったのに、戦争で命を失くすなんて」

最近になってから、知り合いの息子や孫たちが徴兵検査を受けると聞くことが多くなった。検査に合格すれば近いうちに戦地に向かうことになる、という話も伝わってきて、にわかに戦争が近づいてきたように感じ始めていた。

「私たち、政府に協力して、たくさんの兵隊さんを作るために産婆をやっているみたいじゃない？」

ヤスは、我が子のように誇りに思っていた子どもの戦死の報に接し、産婆という仕事に虚しさを感じていた。

「いままで産婆という仕事に誇りを持ってきたわ。命を守る大事な仕事なんだって。でも国は、紙切れ一枚で大切な命を戦場に持っていってしまう。戦争で命を奪っても、名誉の戦死だ、なんて言っているわ。お国は、国民の命なんてタダ同然の武器だとでも思っているんじゃないの？」

命の誕生に立ち会うことを通じて、命の尊さを身にしみて感じているからこその二人の思いだった。そんな複雑な思いとは裏腹に、翌年になると神田でも提灯行列が催され、戦勝ムードは次第に高まっていった。しかし、今戦地で何が起こっているのか、一般の人々は知る由もなかった。新聞社は号外合戦を繰り広げ、一刻も早く朗報を知りたいという人たちは戦況を報じた号外を心待ちにしていた。

戦死の報を耳にするたびに、産婆の仕事に辛さを感じるようになっていた。無事に元気な赤ちゃんを取り上げても、その子の将来が心配された。それ以来、男の赤ちゃんを取り上げた時には「この子が戦争に取られませんように」と、心の中で祈る哀しい習慣が身についてしまっていた。

二月の国交断絶以降、旅順攻略、奉天会戦、日本海海戦などでの勝利を経て、明治三十八年九月には、アメリカ・ポーツマスにおいて講和条約が成立した。

ともかく戦争が終わったということは、多くの人々に安堵感を与えていた。しかし、戦争に勝ったと思っていた国民にとって、締結されたポーツマス条約はあまりに期待はずれだった。日清戦争後の下関条約の時のような膨大な賠償金が支払われないことを知った国民は納得せず、講和条約反対集会を各地で開き、東京では、九月五日に日比谷公園で開催されることになっていた。

「賠償金なしかよ。政府は何考えているんだ」

「これまで増税に耐えてきたのに、ロシアに弱腰すぎるぞ」

講和条約の破棄を求めて参集した人々は数万人にものぼり、大会終了後二重橋に向かった群集は、それを阻止しようとする警官と衝突した。日比谷公園に集まった人々は、戦争に勝てば生活が少しはよくなると期待して頑張ってきたのに、何も変わらないのでひどく失望していた。花見やお祭りは自粛させられ、毎日長時間働いてただ寝るだけという変化の乏しい生活が二年近くも続いていたのだ。

「暴徒化した人たちが、二重橋に向かって行進していったそうよ」

「日比谷付近の官邸や新聞社にも放火しているらしいわ」

ヤスは、近所で聞いてきたという話を興奮気味に伝えに来た。

「挙国一致、平和のための戦争って言っていたけれど、戦死した人も遺族も納得しないのは当然かも知れない」

憶測は憶測を呼び、本当のところは何も分からなかったが、翌日の新聞報道で日比谷焼き討ち事件について知ることになった。九月六日に、政府は戒厳令を施行して鎮圧したが、この騒動は全国に飛び火していったという。

兄喜八からの手紙では、日露戦争に出兵した屈巣村の若者が四人戦死したということだった。戦争が外地で行われていたこともあり、新聞紙上で知ることはあっても戦地がどうなっているのか知る手立てもなく、庶民の関心も決して高くはなかった。しかし、故郷の人の戦死の報を聞かされると、自分が無関係ではいられないという現実を噛みしめていた。

終戦後は、各地の神社で勝利を祝う凱旋奉告祭が華々しく行われ、村内には日露戦役記念碑が建てられたという。

戦死を「国家的名誉だ」「名誉の戦死だ」と言われても、勝利の陰で泣いている戦死した兵士の遺族に思いを馳せると、いたたまれない気持ちになるのだ、と手紙は締めくくられていた。

三

明治四十三（一九一〇）年に産婆規則が改正されたことで、産婆になれるのは産婆試験に合格した者か、または指定学校、講習所を卒業した者に限られるようになった。産婆の新旧交代は徐々に進んでいったが、まだ旧産婆は全産婆の六十パーセント近くを占めていた。

そして、同四十五年は、二人にとって忘れられない一年となった。

この年の三月、産婆教授所の校長を務めた長谷川泰先生が大腸狭窄症のため、七十一歳で亡くなったのだ。長谷川先生は、医師の早期育成のための私立医学校済生学舎を開校し、多くの医師を送りだすなど生涯を医療の発展に尽くした人だった。その一方で政治を好み自由民権の思想に共鳴していた。晩年は衆議院議員として活躍され「ドクトル・ベランメー」などと揶揄されていたことは新聞報道などで広く知られていたが、二人にとって思い出されるのは、白いチョークの粉で汚れた羽織を気に留める風もなく教壇に立ち、長い顎髭を撫でながら歩く姿であり、いつも真剣で熱心な講義だった。

そして、同じ年の七月三十日には明治天皇が崩御され、時代は明治から大正に変わったのだった。

大正二（一九一三）年六月、多希とヤスは、新聞報道で荻野吟子の死を知った。

吟子は、明治三十八年に夫と死別し、その三年後の明治四十一年に帰京して、本所区新小梅町で医院を開業していたが、大正二年六月二十三日に脳溢血で亡くなったという。六十二歳だった。

「吟子先生、東京に帰られていたのね。旦那さまを早くに亡くして苦労されたみたい」

ヤスは、新聞の片隅に小さく掲載されている吟子の記事に目を通していた。

「ほんとうに。でも、女人禁制だった医学校に入学を認めさせて、医学界へ女性進出の道を切り開いた吟子先生の功績は誰もが認めているわ」
「北海道でも医院を開業されていたんだって。吟子先生、医師としての人生を貫いたのね」

二人にとって荻野吟子は特別な存在だった。目標であり誇りだった。その存在がいつも励みにもなっていた。二人は、同じ時代を生きた荻野吟子の人生に思いを馳せながら、その死を悼み悲しみに沈んでいた。

吟子は、明治二十六年の『女学雑誌』に寄せた論文で女医の必要性を説き「一日も早く大学その他官立学校の門を女性のために開き、多数有為の女子を入学させるように」と訴え、「日本が文明国を名乗るのであれば、これを許可しないと、右手で家を建て、左手でこれを倒すのと同じだ」と述べている。それから七年後、吟子より八年遅れて医師免許を得た吉岡弥生が、日本初の女医養成機関「東京女子医学専門学校」(現東京女子医科大学)を創設したのは明治三十三(一九〇〇)年だった。

吟子は、この朗報を最果ての地で聞き、どんなに喜んだろうかと、北海道へ旅立った吟子を思い、語り合った日々を昨日のことのように思い出していた。

それから三年後、六十三歳になった多希は故郷に帰る決心をしていた。ヤスと二人で開業した産婆院は評判も高く、辛いこともあったが楽しく嬉しいことの方が多かった。貧しくて産婆料が払えなかった人が、十年後律儀にも産婆料を持ってやって来て感激させられたこともあった。ある時は、立派に成長した男性が世話になったお礼にと訪ねてきてくれたこともあった。男性は、難産のすえ仮死状態で生まれ蘇生術で無事に産声を上げた赤ちゃんだった。母親からこの話を聞かされ続けていて、一度感謝の気持ちを伝えたいと思っていたのだという。「あなたがいなければ今のわたしはありませんでした」という言葉に涙したこともあった。自分の子どもを産むことはできなかったが、こんな立派な男性を世の中に送り出せたことは、産婆としてこの上ない喜びだった。しかし、年を重ねるにつれて東京での生活に不安を感じるようになっていた。兄の家族や親戚が多く暮らす実家の近くに帰って、新たに産婆院を開業することを考えていた。

ヤスにはなかなか言い出せずにいたが、ようやく決心し屈巣村に帰ることを伝えたのだった。多希の決断を聞いたヤスは涙をこぼした。

「兄が、自分が元気なうちに帰ってこいって言ってくれているの」

ヤスもすでに六十を越えていた。帰る場所もないと言っていたヤスのことを考えると、これまで言い出せずにいた。

一生安心して住める場所が欲しいと言っていたヤスの願いは叶ったが、兄や親戚とも疎遠となって身寄りのいない東京で、一人で暮らす心細さは容易に想像することができた。

翌日、落胆しているヤスに、一緒に屈巣村に帰らないかと提案してみた。ヤスは一瞬顔を輝かせたが、すぐに真剣な表情で、

「私のような他人が一緒に行ってもいいかしら？」

「当り前よ。私たち姉妹も同然でしょう？」

ヤスは、ハンカチで瞼を拭くと、ようやく笑顔をみせた。

帰郷までの日々は、多忙な中にも思い出と感謝に満ちたものだった。東京は、多希にとって夢や希望そしてたくさんの出会いを与えてくれた場所であり、人生の大半を過ごした思い出の地となった。

第六章　最終章

一

兄喜八は、多希のために熊谷町で産婆院を開けるように手配してくれていた。熊谷は高崎線の開業によって熊谷駅が建造されたため駅周辺の開発が進み、多希が見習い産婆として暮らしていた頃の街とは見違えるほど発展していた。産婆院は町の中心部にあり高城神社との位置関係から見ると、以前大島ゆきが住んでいた家に近く、これもゆきが導いてくれた巡り合わせのように思えた。

新産婆は、都会に集中していて、田舎では相変わらず無資格の旧産婆がお産の介助を行っていることが多かった。大正期には、一言で産婆とはいっても新旧の産婆が存在し、新産婆が九割以上を占めるようになるのは、昭和の時代に入るのを待たなければならなかった。

明治三十五年に埼玉県初の産婆養成所が開設されて以降、明治四十三年に私立大里《おおさと》産婆学校（寄居）、大正三年に浦和産婆看護婦学校（浦和）、大正五年に川越産婆看護婦学校（川越）が開設され、近代医学を学んだ新産婆が次々に誕生していた。これにより、旧産婆の割合は順次減少してゆき、新産婆の増加にともなって妊産婦の死亡率も徐々にではあるが減少していった。

この地域には、有資格者の産婆が開業した産婆院はまだ少なく、周辺の遠い村からの往診の依頼も徐々に増えていった。

貧困のため分娩料を払えない人たちは、代わりに野菜や米を持参することもあった。ときには産婆院が分娩経費を負担しなければならないこともあったが、二人は物心両面からの援助を惜しまなかった。

ヤスは、熊谷に来てしばらくすると病に倒れ、床に臥すようになった。

「本当の妹でもないのに、多希さんにはずいぶんお世話になっちゃって」

ヤスは、生活の面倒を見てもらっていることを心苦しく思っていた。

「姉妹も同然だといったでしょう？　今までずっと一緒に生きてきたんだもの」

やっぱりヤスを東京から連れてきて良かった、としみじみ思っていた。思えばヤスとは三十年以上の付き合いで、時には姉妹以上の付き合いを重ね、苦楽を共にしてきた年月と同じだけ強い絆で結ばれていた。

　春になってもヤスの容態は悪くなるばかりで、この頃はヤスの部屋に机を運んで書き物をし、なるべくそばに寄り添うようにしていた。

「もし、私が死んでも実家には知らせないでね。どうせ死んだものと思っているわ」

　そんな不吉な言葉を口にするようになっていた。寝床に食事を運ぶと、ヤスは少し顔色も良くなってきたようで、体を起こすとお粥を口にした。

「私、今度生まれ変わったら男に生まれてくることに決めたから。そうしたら、学校に行って勉強をいっぱいして、それから大きな船で外国にも行くつもりよ。外国で日本にない珍しいものをたくさん見て、それから……」

　ヤスの瞳は夢見る少女のように輝いて見え、痩せて白く透き通った頬にはほのかな赤みがさしていた。ヤスは、多希から見ると明るくて芯の強い女性だった。自分の思いを貫いて自由に生きてきたように思っていたが、心の底では満たされない思いを抱いていたのだろうか。そして、そんなことを考えた自分が哀しく切なかった。

　大正六（一九一七）年六月。ヤスの病状は徐々に悪くなっているようだった。往診に来た医師は、暗い表情を隠さなかった。多希は、ヤスを励ますために、災危を除くと古くから行われてきた高城神社の茅《ち》の輪くぐりに行ってきた。高城神社では、参道第一の石鳥居に直径四メートルもある青葦藁《あおあしわら》の輪を作り、氏子はこの輪をくぐれば半年の身のケガレを祓い、疫病や災難から逃れることができるという伝承を信じていた。

「今日は胎内くぐりに行って、あなたの分もお祓いをしてもらったから、きっと元気になるわよ」

「胎内くぐり？　そう。もうすぐ夏が来るのね」

ヤスは痩せた腕で力なく布団の端をめくると、起き上がろうとした。多希は、ヤスの体を支えて起こすと、窓を開けて参拝の人々で賑わう神社の方向に体を向けた。二人は窓辺にすわり華やいだ祭の喧噪に耳を澄ませていた。

「十二月の大祓式には、きっと一緒に行こうね」

「そうね。きっとね」

ヤスは、神社の方を見つめながらつぶやいた。

それから三か月後の大正六年九月、東條ヤスは、多希に看取られて六十一年の生涯を閉じたのだった。

東京に出てから一度も故郷に帰ることなく、実家の話をすることもなかった。「川越には帰りたくない」と言っていたヤスだったが、故郷が恋しく、たった一人の兄さんにも会いたかったに違いない。ヤスが亡くなってからすぐに、ヤスの兄に手紙で知らせたが返事もなかったので、遺骨は生前ヤスが望んでいたとおり藤村家の墓地に埋葬することにした。

姉妹のように何でも話してきたつもりだったが、打ち明けられないこともたくさんあったに違いない。ヤスが望んでいた人生とはどんなものだったのだろうか。今度生まれ変わったら男に生まれると言っていたヤスは、納得のいく人生を全うすることができたのだろうか。天国で再会したら聞いてみたい、そう思いながらヤスの墓前で手を合わせた。

東條ヤスを見送った多希は、それからも一人で産婆院を切り盛りしていたが、月日が経つにつれ心に開いた大きな穴は埋めようもなかった。兄喜八もすでに亡くなっていたが、故郷の屈巣村に帰ることを決心した。大正八年二月には、藤村家の近くに産婆院と自宅を兼ねた、瓦屋根の小さな家を建てて再び産婆院を開院した。産婆料などは取らず、時折みんながお礼替わりに持ってきてくれる米や野菜で慎ましく生活していた。それが、これまでお世話になった人たちや、亡き父母、兄夫婦、そして自分を育ててくれた故郷に対する恩返しのような気持ちだった。実家は、甥久太郎の代に替わっていたが、頻繁に多希のもとを訪れるなどして家族とも変わらない交流が続いていた。しかし、大正十二(一九二三)年九月一日に起こった大地震が、産婆院の運営に多大な影響を及ぼすことになった。

二

その日は、まだ夏の暑さがまとわりつくような日で高く青い空が広がっていた。正午、東南の空には何ともいえない異様な入道雲のようなものが立ち上がっていて、陽が暮れると先の入道雲は深紅に染まり、鴻巣あたりより先の状況は大変な大きな事が起きているのを思わせずにいなかった。毎日毎夜の余震と電灯がつかない幾夜が続き不安な思いで過ごしていた。そのうち、東京が大変なことになっているということが知らされた。この震災の被害は、死者九万九千人、行方不明四万三千人、負傷者十万人をこえ、被害世帯も六十九万に及び、京浜地帯は壊滅的な打撃を受けた。

東京浅草に住む喜十郎一家の安否が気がかりだったが、一週間後には家族全員の無事を確認することができた。喜十郎の話では、地震の一、二か月前から不思議なことが起こっていたという。

八月には井戸水が涸れ、品川・春雨寺の境内の井戸水が鉄臭く、煎じ薬のようなにおいがして飲めなくなっていた。浅草でも、犬が二週間前からあちらでもこちらでも遠吠えしていたので、近所の人たちは何か変事があるのではないかと噂していたのだという。当日の朝は弱い台風が東京の北を通過し、かなりの荒れ模様で、地震発生時には強い南風が吹いていたため、「青源」は火災に巻き込まれ全焼してしまったという。失意の中ではあったが、喜十郎ら家族は再起を誓い、東京に留まって新たな店を再建する決意だ、と手紙には書かれていた。

この時、屈巣村の産婆院に大きな被害はなかったが、高齢による体調不良と精神的に受けた打撃は大きく、再開することが困難になっていた。六十九歳になっていた多希は、往診もままならなくなり、震災の一か月後に産婆院の看板を下ろすことを決意したのだった。

新しい医学を学んだ新産婆が、年を追うごとに増えてゆくとともに、産婦のお産事故による死亡は減少した。新産婆の存在によって見られた大きな変化は、分娩体位が座産から仰臥《ぎょうが》産になったことだった。これは、産みやすい姿勢が優先されたのではなく、新産婆が妊婦の診察や分娩介助をしやすい姿勢、出産の安全性が優先されたためだった。さらに、消毒の徹底によって、バイキンの感染による死亡が減少したことだった。

西洋医学に基づく教育を通して学んだ「産婆術の新知識」を、新産婆たちが、これらの新しい方法を出産の場で実現していった結果であった。

独身で若い新産婆が増えるにつれ、「婆」という名称は相応しくないと、大阪緒方病院の緒方正清医師や高橋辰五郎医師が、「助産婦」への改称を提案したが、職業人としての女性の人格が尊重されるに至らなかったことなどから、この時には実現することはなかった。

昭和十七（一九四二）年には国民医療法が公布され、さらに母子衛生向上のため妊産婦手帳規程が実施された。このとき初めて「産婆」に代えて「助産婦」という名称が法律条文のなかで用いられたのだった。しかし、呼び名が変わっても、いつの時代になっても、女性のそばに寄り添い、女性を励まし、母親と赤ちゃんの安全・安心を守り続けるという役割に変わりはなかった。

女性が参政権を獲得したのは、第二次大戦後の昭和二十年十二月十七日、改正衆議院議員選挙法が交付され、二十歳以上の男女に平等な選挙権が認められたのである。明治十九年に生まれた女性解放運動家平塚らいちょうは、明治四十四年に文芸誌「青鞜《せいとう》」を発刊し、女性の権利獲得に奔走していたが、結局その実現は第二次大戦後、連合国の日本における占領政策実施機関ＧＨＱ主導による「日本の戦後改革」を待たねばならなかったのである。明治二十二年に、荻野吟子ら一部の女性活動家たちが政府に陳情書を提出し、議会傍聴の禁止を撤回させてから五十六年の歳月が経っていた。

藤村多希が、熊谷町（現熊谷市）と屈巣村（現鴻巣市）で開業していた八年の間に取り上げた赤ちゃんは百四十八人だった。八年間の「産婆業務簿」には、妊産婦と新生児全員分の詳細な記録が、多希の自筆によって書き残されている。「産婆業務簿」によると、赤ちゃんはみな健康で生まれ、お産で命を落とした妊産婦は一人もなかったことが記録されている。

三

多希さんが体調を崩したのは、産婆院を閉院してから八年後の昭和五年のことだった。立春が過ぎ、ようやく冬の寒さが緩み始めた昭和五年二月十二日。多希さんは、喜八の子・久太郎（のちに久と改名）とその家族に看取られ、産婆としての人生を全うし、七十七年の波乱の生涯を閉じたのだった。

多希さんは生涯再婚せず子どももいなかったため、家族だけで静かに見送るつもりでいたが、どこから聞きつけたのか、野辺送りの日には近隣からたくさんの人たちが圓通寺の参道に並び棺を見送ったのだという。

多希さんが最後に暮らした小さな産婆院は、その後屈巣村の駐在所として地域を見守り続けたが、昭和四十年頃に老朽化のため取り壊されたという。

明治という時代は、女性にとって江戸時代よりも過酷な女性差別に苦しんだ時代でもあった。多希さんは、そんな厳しい時代にありながらも生涯産婆という職業を貫き、多くの母子や家族に寄り添い、健康で安全な分娩に尽くした女性だった。

多希さんが亡くなった翌年には満州事変が起こり、日本は破滅的な戦争の時代へと突き進んでゆく。戦争と平和の狭間で産婆さんたちはどのような思いで生きたのだろうか。

昭和十六（一九四一）年に始まった太平洋戦争で、沖縄は本土決戦の防波堤となり、日米の激戦地となって首里の町は焼き尽くされてしまった。

沖縄の助産婦さんは、戦時下で米軍の空襲に逃げまどい、爆音が聞こえるなか恐怖と不安に襲われながらも妊産婦に寄り添い、まさに命がけの分娩介助を行っていたという。

当時助産婦だった方は、「無事に元気な赤子を取り上げたものの、何日かあとで赤ちゃんもろとも一家全員玉砕したことを聞いた時ほど、戦争を恨んだことはなかった」と今も語り継いでいる。また、家族全員を戦争で亡くしたという助産婦は、夜中に無事お産を済まして、夜明け近くになって家に帰りついた時に一人息子の戦死を告げられたという。「いまわしい戦禍のため、家庭は破壊され家族に先立たれて生きる望みもなく、ただ呆然としていた。そんな時を支えてくれたのが助産婦としての天職だった」と語っている。

多希さんが、嘉永六年に生を受けてからすでに百六十六年が過ぎて、出産のあり方も大きく変化した。出産の場所も、自宅から「病院で出産するのが当たり前」の時代になり、出産に対する人々の意識だけではなく、胎児と新生児の命、母子の身体に対する意識もまた、医療技術の進展とともに大きく変化してきている。

妊産婦死亡率の統計を最初に算出した明治三十二年には、妊産婦十万人中四百九・八人で、平成二十八年には明治三十二年の百分の一未満の三・四人までに減少した。また、平成三十年二月、ユニセフ（国連児童基金）の発表では、日本の新生児（生後四週間未満）の死亡率は〇・九パーセントで、千百十一人に一人の割合で、世界で一番新生児の死亡率が低い国であり「赤ちゃんがもっとも安全に生まれる国」になったのである。

これは、国・自治体・医療機関が一丸となって、様々な課題に取り組んできたのはもちろんのこと、明治、大正、昭和、そして平成へと至るまで、藤村多希さんをはじめとした多くの産婆、助産婦、助産師と呼ばれる人たちが、様々な困難を乗り越えて、たゆみない地道な努力を続けてきたことが成し得た結果といえるだろう。

編集部註／作品中に一部差別用語とされている表現が含まれていますが、作品の舞台となる時代を忠実に描写するために敢えて使用しております。

（参考文献）

『藤村四郎家文書』
『川里村史』
『鴻巣市史』
『行田市史』
『熊谷市史』
『羽生市史』
『埼玉県教育史』
『さいたま女性の歩み　上巻』
『沖縄県史』
『那覇市史』
『忍藩』小野文雄著
『産婆さん』福地廣昭著　ひるぎ社
『妊娠・分娩・産褥期　今と昔の生活』西日本法規出版

『明治東京・庶民の楽しみ』中央公論社
『読売ぶっくれっと№二十九　続明治世相こぼればな史』
『出産環境の民俗学』安井眞奈美著　昭和堂
『概説沖縄の歴史と文化』沖縄県教育委員会
『近代日本最初の植民地・沖縄』平良勝保著　藤原書店
『沖縄女性史』宮城栄昌著　沖縄タイムス社
『時代を彩った女たち』近代沖縄女性史　外間米子著　ミライ社
『沖縄島人の歴史』ジョージ・カー著
『長谷川泰先生小伝』山口悟郎著　大空社
『荻野吟子抄』奈良原春作著
『東京府病院産婆教授所の本免状産婆教育に関する研究』高橋みや子著
『開化の東京を探検する』監修江戸東京博物館
『お産の歴史』杉立義一著　集英社新書
『近代日本の転機』明治・大正編　鳥海靖著　吉川弘文堂
『もう一つの近代　側面からみた幕末明治』M・ウィリアム・スティール著
『沖縄県の百年』上原兼善ほか著　山川出版社

あとがき

藤村多希は、嘉永六年に名主の娘として生まれ、明治、大正、昭和という激動の時代を生きた実在の女性です。江戸時代末期、当時の埼玉郡においても男尊女卑の考えが根強く「女に学問はいらない」とされていた時代に、女性ながら寺子屋に通い文字を習得し、のちに産婆資格を取得して自立する道を切り開いたのでした。

小説は藤村四郎家文書を基にしていますが、幕末及び明治初期の古文書は腐蝕や破損により読み取り困難なものが多く、残念ながらその概要は推測によるものが少なくありません。多希は、三十四歳の時に産婆として沖縄に派遣されていますが、首里が第二次大戦時の激戦地となったため公文書の多くが焼失し沖縄での活動の詳細は分かっていません。また、本文では産婆資格取得に際して、東京府産婆教授所の一回生として学んだ、としましたが、産婆教授所の入学生名簿等を発見することができなかったため、確証は得られていません。しかしながら、多希の遺品の中に東京府病院発行の教科書等が保管されていたことなどから、産婆教授所の卒業生と推測しました。藤村四郎家文書は、ほとんどが地域の紛争など公的なものですが、葬儀、結婚など個人的なものまで広範囲にわたっています。

なかには、多希の幼少時の疾病の記録（見舞品の一覧）、結婚（御祝儀入用控帳等）、離婚（離縁状等）、首里分局勤務命令、産婆業務簿など、その生涯を窺わせるものも含まれていました。これらを基として、故藤村四郎氏妻悦子さんの証言も参考に「藤村多希　明治を生きた産婆」を執筆した次第です。

明治維新から百五十年余り。一般庶民は時代の変動をどのように受け止め、何を思い、どう生きたのか。藤村多希という女性の生涯を通して見つめました。また、明治という時代は、女性にとっては江戸時代よりも過酷な差別に苦しんだ時代でもあり、それは法律という近代文明的な武器によって強化されたといえるでしょう。数百年にわたって公然と行われてきた女性差別。しかし、差別と闘い、地道な努力で人生を切り開いていった女性たちがいたことはあまり知られていないのではないでしょうか。

自由という権利を奪われ、失意のうちに散っていった女性たち。そして、理不尽な差別と果敢に闘った女性たちへ、敬意と感謝を込めてこの本を捧げたいと思います。

本書はフイクションではありますが、モデルとなった方のご子孫方から出版のご賛同が得られるか不安でしたが、幸いなことに藤村悦子さんから、多希さんに関するエピソードや貴重な写真をご提供いただくことができました。本当にありがとうございました。また、出版にご尽力くださいました郁朋社の佐藤聡編集長および同社のみなさまに心よりお礼申し上げます。

令和元年九月

渡辺せつ子

【著者紹介】

渡辺　せつ子（わたなべ　せつこ）

埼玉県生まれ

法政大学文学部史学科卒

埼玉県職員として勤務

藤村《ふじむら》多希《たけ》　——明治《めいじ》を生《い》きた産婆《さんば》——

2019年9月14日　第1刷発行

著　者 — 渡辺《わたなべ》　せつ子《こ》

発行者 — 佐藤　聡

発行所 — 株式会社　郁朋社《いくほうしゃ》

〒101-0061　東京都千代田区神田三崎町 2-20-4

電　話　03（3234）8923（代表）

ＦＡＸ　03（3234）3948

振　替　00160-5-100328

印刷・製本 — 日本ハイコム株式会社

落丁、乱丁本はお取り替え致します。

郁朋社ホームページアドレス　http://www.ikuhousha.com

この本に関するご意見・ご感想をメールでお寄せいただく際は、

comment@ikuhousha.com　までお願い致します。

　ISBN978-4-87302-703-6　C0093